普通高校"十四五"规划教材

U0741165

先秦散文文体实训教程

李翠叶　编著

北京航空航天大学出版社
BEIHANG UNIVERSITY PRESS

内 容 简 介

本书以文体讲解为线索，配合文学史课程涉及的文体，从"思想、修辞、文体"的角度，重点讲解了中国传统文体的产生与流变、修辞手法、文体特征，并将思想传承、价值引领落实到文体写作上，以培养具有学术底蕴、文体修养的高素质应用型人才。

本书适合全日制汉语言文学专业本科一年级学生阅读。

图书在版编目（CIP）数据

先秦散文文体实训教程 / 李翠叶编著 . -- 北京：
北京航空航天大学出版社，2024.9

ISBN 978-7-5124-3719-7

Ⅰ . ①先… Ⅱ . ①李… Ⅲ . ①古典散文—汉语—写作—高等学校—教材 Ⅳ . ① H15

中国版本图书馆 CIP 数据核字（2022）第 006668 号

先秦散文文体实训教程

李翠叶　编著

策划编辑　胡晓柏　　责任编辑　江小珍

*

北京航空航天大学出版社出版发行

北京市海淀区学院路 37 号（邮编 100191）　http : //www.buaapress.com.cn
发行部电话：（010）82317024　　传真：（010）82328026
读者信箱：emsbook@buaacm.com.cn　　邮购电话：（010）82316936
北京建宏印刷有限公司印装　各地书店经销

*

开本：710×1 000　1/16　印张：9.75　字数：189 千字
2024 年 9 月第 1 版　2024 年 9 月第 1 次印刷
ISBN 978-7-5124-3719-7　定价：39.00 元

目　录

绪　论

我们开设"文体实训"课程，与"文学史"课程并行，并在学生已经具备文学史素养的基础上，实践一种教学理念和教学方法，提升学生的读、说、写能力，培养具有学术底蕴、文体修养的高素质应用型人才。

一、传统文学史教育理念的困境

对于文学史在近代人才培养上和思想教育上的思考，陈平原：

"文学"作为一门学科，逐渐被建设成为独立自足的专业领域。最直接的表现便是，文学教育的重心，由技能训练的"词章之学"，转为知识积累的"文学史"。如此转折，并不取决于个别文人学者的审美趣味，而是整个中国现代化进程决定的。"文学史"作为一种知识体系，在表达民族意识、凝聚民族精神，以及吸取异文化、融入"世界文学"进程方面，曾发挥巨大作用。至于本国文学精华的表彰以及文学技法的承传，反而不是其最重要的功能。[①]

在西方学科分类意识下，传统"中国古代文学史"课程主要是评价型的，《中国古代文学作品选》多用单篇的形式展现。这样的课程教学造成的问题是：我们的学生往往知道有这些作品，但是不知道它们之间思想的延展、文体的流变、修辞的提升，因此对传统思想精华和文体流变上的认知在一定程度上是割裂的。这实际上涉及如何理解中国传统经典的方法论问题，涉及中华优秀传统

[①]　陈平原著:《作为学科的文学史——文学教育的方法、途径及境界》，北京:北京大学出版社，2016年，绪论。

文化的学理建构、价值认同和教育策略问题。

近年来，伴随知识综合化和中国发展进入新时代的社会背景，教育者和受教育者已经发现，这种了解评价型的文学教育带给他们的文学素养越来越难达到当下社会的要求。因为，我们日益面临以下两大需求：

第一，课程思政的补充，文化自信的建立。课程思政在本质上还是一种教育，是为了实现立德树人。世界上没有哪一个文化人群会不知道他们现有的生存方式来自何方。我们依赖传统文学，不能最终只是拥有了知识的积累，而失去了传统文学中所蕴含的人文价值和思想价值。我们要注重传统文化与近代马克思主义中国化、社会主义核心价值观的血缘关系，使社会主义核心价值观的固有根本被清晰认识，**使学生能在修辞训练、文体模仿、思想传承中更深入地了解传统文化，形成可塑造思想品格的学术途径和课堂建设，从而有效反对历史虚无主义。**

第二，**以学生为主体的教学方法的实施。没有思想与文化作为根基，如何落实以学生为主体的教学方法？在还没有改变原有教授思路和内容以前，有效的课堂教育有时是很难开始的。**具备什么样的思维、倡导什么样的思想、提出什么样的问题才是合理有价值的？在寻求问题解答的过程中应使用什么样的知识架构？至少在成熟的课程体系中，对于像这样的一些问题的解答应该坚实地植根于学科的启蒙教学，由此才能使学生准备好去从事专业实践，进而才能创新创业。**这显然是累积型、评价了解型"文学史"课程所不能实现的。**

为了满足以上两大需求，我们需要扎扎实实从一线教学、课堂改革开始。当今，文学教育应如何开展？可能切入的途径之一就是文体学。文体学研究目前主要集中存在于学术界，而并没有在教育界广泛展开。对于文体学也有各种研究方法。应从哪种方法切入？我们倡导的方法是：在知识、观念延展中考察文体、修辞形式的演变。在散文文体研究中，应对观念拓展做有意识的梳理，我们有必要展示由知识到文体的路径，学习这些文献形式。不以知识和观念延展为底蕴的文学意识，是不符合中国传统文学发展规律的。高度关注中国古代文体是从文化内部生发和演化的过程，通过对文体生成的研究，可以使文学学习超越文辞走向最高的真实。

北京师范大学和中山大学在中国古代文学研究中，首倡文体学研究，这是扭转乾坤的第一缕风。

二、教育理念的基础：思维、修辞、文体

在传统教育理念下，对于"中国古代文学史"，一般从语言、人物形象、艺术风格方面进行讲授。这种观照角度对于语言修饰方法以及其中所蕴藏的深刻的睿智尚未论及，而这份睿智就是思想与思维。吴承学：

当代中国文体学研究的目的不是复古，不是抵抗外来文化，而是为了更真实地、完整地理解中国文学文体话语的特点与价值，继承本土的学术传统，推动现代中国学术的发展……回到本土理论传统与古代文章文体语境来发现中国文章学自身的历史。[①]

因此，我们倡导思想参与下的文体讲授。它的价值在于思想的延展随着文体的流变而产生。这种视角重视文体的"义理范畴"，同时也体现了中国文体成熟的独特路径。我们将文体学引进文学教育体系，是基于这样一种学术理念：一种文体的话语体式的演变和一个学派内在的肌理是相连的。

通过将文体学引入"中国古代文学史"教育中，我们找到了能将读和写融合在一起的课堂教学体系，逐步将传

---

① 吴承学：《追寻中国文体学的向上一路》，《中山大学学报》2021 年第 1 期。

3

统的"读—说—写"模式转变为"研—读—说—写"模式，构建新文科视域下以文体学为中心的"中国古代文学史"教学体系。我们从思考开始，从而获得了一种深广的语言与文化内涵，并构建起中国特色的学术话语体系和教育体系。

从智慧的传承、思想的成长到语言艺术的生成、行为准则与心理的构建，然后到口语表达，最后到散文的写作——"研—读—说—写"，我们把这个训练途径称为中文专业技能。我们要充分吸收国外的先进理念，更要对中国自己的传统文化在思想上进行根本性的筑牢，做到修辞上会用、文体上会写，这是新时代汉语言文学专业学生的使命。

谈谈你对这一教育理念的认识。

三、教学模式

"思维、修辞、文体"成为一个新范式，意味着采用新的教学方法、注意新的文学材料、建构新的课堂模式。

（一）课程内容的编选和教学目标

由于编选原则是文体的承传流变，因此会采用一些新材料，或重新发掘常见经典中新的侧面。最终的教学目标是：第一，认识中国传统人文思想在文献流变中的具体表现。中国的传统人文思想到底体现在哪些文献的流变更新上？我们要找的就是这个知识谱系。改变文学史评价型介绍和进行单篇作品展示的形式，从文体流变这个角度切入后，我们会发现散文的流变中有中国一脉相承的、共同信仰的民族理念和民族文化。散文从来不是个人意义上的文章。第二，实现汉语言文学专业读、说、写课内实训机制的首次建立。

（二）课内实训的建设

一是注重问题设计，促进找到思考的方向，在思考的过程中进行修辞练习、文体模仿实训，最终以学生学习成效分析报告为呈现方式。

二是以文体讲解为线索，重点讲解中国传统文体的产生、流变，将思想传承、价值引领落实到中文专业技能读、说、写上，培养具有学术底蕴、文体修养的高素质应用型人才。

三是注重与时代链接、进行中西对比、与学生的课外实践体系结合，做到课内课外训练体系一体化，最终表现为学生读、说、写能力的提高。

语言艺术必须通过使用才能激活，从而赋予我们信念与前行的力量。我们要遵从这种方式来激发学生，使学生在文体学习过程中了解中国传统文化的基本思想，并能积极思考，将其转化为现代新人文思想的话语体系，然后体会语言艺术的美妙。我们倡导思想参与下的修辞训练，号召学生参与到对人类精神文明的共同建设之中。

四、教材编纂体例

建设完整的、可操作的课内实训流程，采用碎片化、过程性、可操作的实训方式。

1. 课内实训教学理念

思维、修辞、文体（"一个中心　两个基本点"）。

2. 课内实训目标与方法

（1）文体的内涵与认知（知识讲解）（学生　认知与梳理）。

（2）**思想的延展**与语言范式、文体形式的流变（能力培养）（学生　理解与分析）。

（3）文体的模仿写作（能力训练）（学生　审美与创作）。

（4）问题讨论与辩说（素质训练）（学生　思考与

论说）。

（5）创意写作、作业提高（学生 实践与创新）。

3. 课程实训操作

在教材文本的侧边设置问题，让学生以回答问题的方式完成实训。按照学生的思维过程分别对应：认知与梳理，理解与分析，审美与创作（修辞实训、文体实训），思考与论说，实践与创新 5 个板块。这些都建立在批注式阅读的基础上。

五、考核标准

（1）从"思维、修辞、文体"的角度进行一种学术方法训练，**完成课堂学术训练**。

（2）具备批判性阅读能力、独立思考能力，通过针对性过程考核，**完成课内实训作业**。

（3）具备进行古今、中西对比的学科视野、创新型的写作能力和研、读、说、写能力，**完成中文专业技能过关考试**。

每一部民族文化经典都有自己的语言特征。思想需要用与它相对应的语言材料来表达。在思想体系的构建中，语言能动地参与进去，这样，思想与语言就能形成自己完整的生命，而只有这样的思想、这样的语言才能够进入不同时代的不同读者所共同拥有的意义领域，才能够进入一个民族的文化传统的核心层。

拓展阅读文献

（1）吴承学著：《中国古代文体学研究》，北京：人民出版社，2011 年。

（2）陈平原著：《作为学科的文学史——文学教育的方法、途径及境界》，北京：北京大学出版社，2016 年。

教学内容

传统"文学史"课程相关内容	《先秦散文文体实训教程》教学目标	《先秦散文文体实训教程》教学内容	《先秦散文文体实训教程》教学重点、实践训练	思政教育、文化传承
《论语》的思想内容及艺术特色	**思维**：人文启蒙与儒家语录文献的生成 **修辞**：儒家思想影响下的修辞理念、语言表达方法 **文体**：语录、杂记型论说、传、说、记	第一章　语录体 第一节　语录体的产生与流变 第二节　人文启蒙与儒家语录文献	**教师讲授**：中华文化以德为首的理念在文献、文体流变上的体现；人文启蒙性在修辞和文体上的表现 **学生实践**：真正从文体模仿中了解儒家思想，修辞上要会用，文体上要会写	从儒家思想到社会主义核心价值观的一脉相承
		第三节　六经之教与传、说、记体的生成	**教师讲授**： （1）思维：儒家思想的源头六经之教 （2）文体：传、说、记体 **学生实践**： （1）从文体流变角度掌握儒家思想在文献形式上的变革 （2）能运用传、说、记体对中国经典进行解读	"空夫子"之说，除了反思所依靠的文献严重不足外，还要思考我们对儒家思想的了解度、对儒家修辞智慧的熟悉度
《孟子》的思想内容及艺术特色	**思维**：儒家理念的推行与确立 **修辞**：对话艺术、辩论修辞方法 **文体**：孟子"知言"驳论体	第二章　儒家思想的传承与论说体 第一节　儒家论说体的产生与流变 第二节　杂记型论说与《曾子》的贡献	**教师讲授**：儒家理论思想成熟的发展路径：杂记型论说是从语录体到专论体的过渡，重视曾子的贡献 **学生实践**：如何从基本言语交谈走向理论成熟，杂记型论说体的掌握与创新运用	中华传统文化儒家理论体系诞生的路径、文体掌握

传统"文学史"课程相关内容	《先秦散文文体实训教程》教学目标	《先秦散文文体实训教程》教学内容	《先秦散文文体实训教程》教学重点、实践训练	思政教育、文化传承
《孟子》的思想内容及艺术特色		第三节　儒家理念的推衍与《孟子》对话中的论说艺术	**教师讲授**：孟子在立论、质疑、驳论中牢固树立儒家理念的论说艺术 **学生实践**： （1）掌握伴随儒家理念的推衍、论说体的形成路径。 （2）掌握孟子"知言"驳论中的心理分析和言语辩驳方法	孟子在确立儒家品格时对人性劣根性、不同种类言语欺骗性的驳论修辞实践；孟子在确立儒者强大心理品格方面的作用
《老子》的思想内容及艺术特色	**思维**：道家的学术传承、理念 **修辞**：《老子》张力性语录修辞 **文体**：道家理念下语录的文体特征、表达方式	第三章　独辟鸿蒙与《老子》张力性语录表达	**教师讲授**： （1）老子在扩大学科范围上的贡献 （2）道家理念下"张力性"语录体的修辞表达、文体形式 **学生实践**： （1）掌握老子语录的学科范畴、思想宗旨、修辞特征，理解文体写作 （2）古今链接，与现代学科的对比阅读（认知学、感知心理学、情感心理学、辩证法）	使学生以及大部分中国人改变对道家思想的畏惧心理，能在道家思想的基础上，以学科的意识正确认识道家思想，发展传统学术

传统"文学史"课程相关内容	《先秦散文文体实训教程》教学目标	《先秦散文文体实训教程》教学内容	《先秦散文文体实训教程》教学重点、实践训练	思政教育、文化传承
《墨子》的思想内容及艺术特色	《墨经》 **思维**：墨学理念在"小学"中的体现 **修辞**：掌握科学的语言思维和语言表达 **文体**：经传体、训诂	第四章　《墨经》与社会科学思维的建立	**教师讲授**：《墨经》中的说文解字，墨子对"小学"的建设，墨家理念在"小学"中的体现 **学生实践**：学习《墨经》，掌握概念的界定、概念多层次内涵的建设，掌握社会科学思维和语言的科学表达	学生掌握科学的语言思维和语言表达，可以有效防止、分辨各种对社会认知的假说谬论。在公文写作等领域进行现实分析，避免浮泛而谈，形成务实的写作风格
《庄子》的思想内容及艺术特色		第五章　任性自然与《庄子》的寓言载道 第一节　寓言的产生与流变 第二节　任性自然的哲学内涵与寓言指向 第三节　寓言以广道：隐喻思维	**教师讲授**：道家理念下寓言的哲学蕴含、修辞特点及文体特征 **学生实践**：寓言的表达类型；当今寓言的创新写作	学生的视野不仅仅局限于社会政治伦理之一隅，而是从自然宇宙广阔的视角思辨万物的生成、发展和存在，理解美学艺术方式。能在语言修辞、文体模仿上满足全面成长的发展要求

传统"文学史"课程相关内容	《先秦散文文体实训教程》教学目标	《先秦散文文体实训教程》教学内容	《先秦散文文体实训教程》教学重点、实践训练	思政教育、文化传承
《韩非子》的思想内容及艺术特色	**思维**：法家思想体系在文体上的新变 **修辞**：论说修辞、语言表达方式的完备 **文体**：法家思想下的理性论说，难体、喻体、说体	第六章　实用主义与《韩非子》的论说形态 第一节　韩非法家思想 第二节　法家思想影响下的论说形态	**教师讲授**： （1）思维：法家思想以及法家理性认识论、方法论 （2）修辞、文体：法家思想下的材料选择、语言修辞、文体特征 **学生实践**： （1）接触了解法家理念下的理性认识论、方法论 （2）掌握法家思想影响下的论说形态	掌握理性认识论、方法论，提高理性表达能力
《左传》的思想内容及艺术特色	**思维**：从经学到史学的发展路径 **修辞**：史学叙事、人物描写 **文体**：史传体、人物传记	第七章　《左传》与人物传记 第一节　经学修养与史学品格：先秦人物传记流变 第二节　从经学到史学的价值寄寓与文体呈现 第三节　《左传》的叙事：从呈现到再现	**教师讲授**： （1）中国史学的发展流变，《左传》的文化意义 （2）从经学到史学的价值寄寓、文体特征 **学生实践**： （1）掌握史学文体写作的经学内涵 （2）史学创作手法的模仿写作	学生通过学习中国传统史学中的发展意识、精神评价、品格期待，树立正确的价值观，传承中华民族优秀思想、人格典范

第一章 语录体

本章实训项目

认知与梳理	理解与分析
修辞实训	文体实训
思考与论说	实践与创新

教师讲授

（1）**思维**：中国文化以德为首的理念在文献、文体流变上的体现。

（2）**修辞、文体**：儒家理念下的语录体特征、修辞。

学生实践

（1）古今语类文献的理解、运用情况分析。

（2）语录体的写作模仿、新时代下的创新写作。

第一节 语录体的产生与流变

一、语 录

语言修辞，先从言语片段中来。一来一往，成为智慧与言语艺术的综合体。言行记录是社会交往和文化交流中最小的单位、最普及的形态。

《易经·大畜·象传》言："君子多识前言往行，以畜其德。"[①] 在周朝之前就已存有大量的言行记录。如果追溯上古记录言行的功用可知，在《礼记·内则》中有言："凡养老，五帝宪，三王有乞言。五帝宪，养气体而不乞言，有善则记之为惇史。三王亦宪，既养老而后乞言，亦微

认知与梳理：
语录与格言的区别是什么？

---

① 周振甫译注：《周易译注》，北京：中华书局，1991年，第92页。

其礼，皆有惇史。"[1] 柳诒徵言："惇史所记善言善行可为世范者。"[2] 传扬和读识这些言行的核心在于弘扬德行，使后人得以继承前期的人文规范。即以言行为法式，以言行为德教也。言行，从这个意义上说，就具备了文献的价值。我们把这类文献在文体形式上的表现称为"语录"。

二、语录的产生：文化更新与立言意识

语录的产生往往伴随着文化的更新。先秦时期，文化的更新主要表现在西周君子文化，即士阶层的诞生。所谓君子文化，在于它提倡了更适应社会发展的新的价值标准和社会理想。同时，这类语录也使人们对立言的社会功用以及士人的意义有了明确认识。

在文化更新的背景下，《左传》引出了一个命题："立言不朽。"穆叔曰："以豹所闻，此之谓世禄，非不朽也。鲁有先大夫曰臧文仲，既没，其言立，其是之谓乎！豹闻之：'太上有立德，其次有立功，其次有立言。'虽久不废，此之谓不朽。"[3] 春秋时期对"言"的崇尚，引发了对"立言""立一己之言"的追求。

如何使言得以立，从而"不朽"？这种对言语传之久远的执着追求不仅导向对言之内容的重视，也将引起对言之形式的重视，预示着人们还将对言说本身的艺术有更主动、更自觉的认知和探索。西周重文教，诸侯、卿大夫之子受到了比较系统的言说训练。《论语·宪问》说：

理解与分析：

（1）你自己是否想过立言？
（2）一个公司的文化语录来源于哪里？创作者是谁？
（3）一个国家的宣传性语录来源于哪里？

网络拓展材料：

（1）精选语录汇编；
（2）冒用名人语录汇编；
（3）电脑屏保语录。

---

① 胡大雷：《"立言"——中国古代的一种文化》，《南国学术》2020 年第 2 期，第 326 页。
② 柳诒徵撰：《国史要义》，上海：上海古籍出版社，2007 年，第 2 页。
③ 郭丹、程小青、李彬源译注：《左传》，北京：中华书局，2016 年，第 1328 页。

"裨谌草创之，世叔讨论之，行人子羽修饰之，东里子产润色之。"①《周礼·春官》说，"大司乐掌成均之法，以治建国之学政，而合国之子弟焉……以乐语教国子，兴、道、讽、诵、言、语"。郑玄注说："兴：以善物喻善事；导：读曰导，导者，言古以刭今也；讽、诵：倍文曰讽，以声节之曰诵；言、语：发端为言，答述曰语。"② 这是当时对话语艺术的实训机制。《左传·襄公二十五年》记载孔子语："《志》有之：言以足志，文以足言。不足，谁知其志？言之无文，行而不远。"③ 语类文献在先秦时期的大量存在并不是偶然的。先秦社会存在着乞言、合语、咨询、规谏等仪式或行为，这些仪式或行为产生了丰富的语言活动。

立言的功能在于一种文化建设。"在先秦时期，士的立言以诸子百家为著。他们各自的立言，都有其核心价值观和语言表达策略，这两者合一，成为其立言口号。例如，儒家的'有德者必有言'，墨家的'言有三表'，道家的'不言''忘言'，法家的'以言去言'等等……诸子百家的'立言'都经历了以学术为政治实践又回归学术的体系化、理论化过程，从而实现'理足可传'。"④ 战国时期的文献经历了"由记言而著论，由著论而成书"的过程。

三、先秦语录的类型

（一）史记系统

汉荀悦《申鉴》："古者天子诸侯有事必告于庙……

---

① 杨伯峻译注：《论语译注》，北京：中华书局，1980 年，第 208 页。
② 徐正英、常佩雨译注：《周礼》，北京：中华书局，2014 年，第 477 页。
③ 郭丹、程小青、李彬源译注：《左传》，北京：中华书局，2012 年，第 1363 页。
④ 胡大雷：《"立言"——中国古代的一种文化》，《南国学术》2020 年第 2 期，第 326 页。

君举必记臧否，成败无不存焉，下及士庶等，苟有茂异，咸在载籍。或欲显而不得，或欲隐而名章，得失一朝而荣辱千载。善人劝焉，淫人惧焉，故先王重之，以嗣赏罚，以辅法教。"①

西周时期，君王是政治和德行的合一体，君王的言语传谈在一定程度上可以脱离政治，而走向一种对公共生活伦理的约束，以言语中的价值理念去凝聚社会共识。君王言语举动，"苟有茂异，咸在载籍"。只要言语有可采者，都有所记录。言行之记录，不能不谓之详且广也。天子之言行，在史官记载之外，还有乐工诵、大夫传扬两个流传途径。这里就涉及一个言行传播系统：乐工诵是将君王的言行或国家所发生的事情融入诗歌创作中，在民间传唱，而这其中必定有一个解说的过程——士称之，即大夫传扬事迹。

语类材料最早获得的文体形式是"语"体，即各国的国语，最初被称为《楚语》《楚书》《晋语》等。这些事语文献都是由国家史官系统记载的，因此，我们将之归为"史记系统"。

《国语》中，大量的事语材料是围绕咨政、议政、规谏为核心展开的。韦昭在《国语解》中言："《国语》者，治国之善言也。"② 这种说法是有所继承的，《诗·大雅·抑》中言："其惟哲人，告之话言，顺德之行。"③《左传·文公六年》中言："古之王者知命之不长，是以并建圣哲，树之风声，分之采物，著之话言。"④ 1973 年，在长沙马王

① [汉] 荀悦撰，《龚培祖校点：〈申鉴〉》，沈阳：辽宁教育出版社，2001 年，第 11 页。

② 来可泓撰：《国语直解》，上海：复旦大学出版社，2000 年，第 216 页。

③ 雒江生撰：《诗经通诂》，西安：三秦出版社，1998 年，第 780 页。

④ 杨伯峻编著：《春秋左传注》，北京：中华书局，1990 年，第 548 页。

堆所发掘的材料《春秋事语》是当时《国语》的散见材料。《国语》的文体特征有：第一，记载广泛，包括朝廷君臣间的事语、朝廷与诸侯国间的事语、诸侯国之间的事语、诸侯大夫之间的事语、诸侯国国内的事语。第二，形成了基本的"事语"文献形态。第三，言行记载多为治国理念、伦理规范的人文理念。作为人文理念的共有知识要素，"事语言行"类文献对当时德教引导的作用很大。《史记·秦本纪》"（秦）文公十三年，初有史以记事，民多化者。"①言在秦国自设有史官记事，**这些言行记录就发挥了教化民众的作用，如荀悦所说，在于"以嗣赏罚，以辅法教"，史记系统中的事语文献也在于人文精神和政治理念的导引。**

（二）家语系统

家语的特征有：第一，教化和价值的建构。家语记载贤士大夫的有德之言。这和早期史记系统以德辅教的宗旨是一脉相承的。只不过当时德行教化的话语权利已由史官转向士大夫。

第二，诸侯国内民间的事语，主要是民间的时政评议，也是由"家史"记载的，如郑国有乡校。《左传·襄公三十一年》："郑人游于乡校，以论执政。然明谓子产曰：'毁乡校如何？'子产曰：'何为？夫人朝夕退而游焉，以论执政之善否。其所善者，吾则行之；其所恶者，吾则改之；是吾师也，若之何毁之？'"②这些言行事语是通过子产的家史记录的。《左传·襄公三十三年》就记载了乡人评价子产的截然不同的话语。又如《国语·鲁语上》说"文

---

① [汉]司马迁撰：《史记》，北京：中华书局，1982年，第179页。
② 杨伯峻编著：《春秋左传注》，北京：中华书局，1990年，第1191页。

仲闻柳下季之言，曰：'信吾过也，季子之言不可不法也。'使书以为三策"①，这些是通过家史记载下来的。家史显然是当时嘉言善语的信息中枢，通过史笔记载时政评议以对当时的人文理念进行不断的建构，是作为人文价值理念的公共文化资源而存在的。家大夫的言行事语，在当时已有结集者，如《晏子春秋》；也有成篇者，如管子的大中《小匡》。这一类作品主要是写大夫的行事言谈，而不是他们的著作。

家语系统的另一个流脉是大师巨子的言行，如孔子、老子等。孔子学派的语录指向和当时的大夫一致，均是从治国、天下、人心出发。尤其孔门学派在当时参政、议政时留下了大量事语。《孔子家语》与《说苑》中有许多孔子评议时政的材料。《孔子家语·后序》说"当秦昭王时，荀卿入秦，昭王从之问儒术。荀卿以孔子之语及诸国事、七十二弟子之言凡百余篇与之，由是秦悉有之"②，昭王所问儒术的文献载体，即为孔子事语类文献、时事政治、七十子之记。这三种文体形式代表了在学派体系中所产生的"事语"文献形态。孔门学派的事语，均是由弟子执简而记，关于孔门的"语录"，在文体形式上被称为七十子"记"。老子的语录来源于另一种文化体系，依赖的是早期格言。这和孔子语录来源于传统政教史传系统不同。老子开创的道家理念超越了当时诸子的知识视野，在扩大学科范围上做出了贡献，形成了"张力性"语录体的修辞表达、文体形式。

中国自古用言行道德维持社会的健康发展，语录和言谈显示了其在中国文化价值理念确立过程中的构建力

---

① 来可泓撰：《国语直解》，上海：复旦大学出版社，2000年，第216页。
② 王国轩、王秀梅译注：《孔子家语》，北京：中华书局，2011年，第560页。

量。以言行为主的"语录文献"，是构建新的公共伦理的一种最灵活的方式，同时，它作为一种言语传播行为，也是将最新的人文价值理念凝聚为一种社会共识的有效途径。一个民族的人文思想、行为规范通过言语记载和传播，维系着社会、政治和心灵的秩序。其中，儒学所代表的传统价值，通过事语材料的传播，走向一种新的公共生活伦理。道家所代表的认知学、感知心理学等，成为中国哲学的重要组成部分。

四、语录的价值：在当今文化构建中的意义

语录是一种"星星之火，可以燎原"的文体形式。语录的产生和一个时代新型的思想形态、观念品格有关。在一个集体中，因为一个人或几个人的言行可以形成集体文化；在一个企业中，可以形成企业文化。

语录，内容在于记录言行。中国人尤重人与人之间的传道，"三人行，必有吾师。"——是一君子，同时亦是一师。社会上只要有一君子，他人即望风而起，又说："君子之教，如时雨化之。"中国人对于人性有信仰，相信人的力量。言行是扭转学风乾坤的第一缕风。实际上，它是人心与人心之间的传道。

拓展材料：

搜集毛泽东语录、现代企业文化语录。

拓展趣闻：

林语堂，原名和乐，改名语堂；1924 年为《语丝》的主要撰稿人之一；1932 年主编《论语》半月刊。

第二节　人文启蒙与儒家语录文献

教师讲授

（1）**思维：**深入精炼讲解早期儒家基本思想及其生成。

（2）**修辞、文体**：儒家本身的"人文启蒙性"思想在修辞和文体上的表现。

学生实践

（1）伴随对儒家思想的生成的理解，进行相应语录写作的文体实训。

（2）学会撰写、运用语录体。

　　《论语》并非广泛意义上的格言语录，它经过了有意识的编纂，具有学派理念、学派传承的特点。儒家的学术内涵空前提升了语录体的价值。它结集成一种文献，并由学生、后人源源不断地阐释和发扬，这种开放的姿态标志着它将成为一个民族的一般知识和共同的思想、理念信仰，一定程度上反映了人类认识事物的客观规律，具有普遍意义。

一、认识儒家的学术思想

　　儒家的学术理念在于改变人，进入生活。后人学习儒家思想，也是从这个角度学。读《论语》，如果你读之前是那个人，读完之后还是那个人，那就说明你从根本上不会读《论语》。从个人修养到社会道德的建设，从社会道德到国家理念的建设，落脚点在于个人的一言一行、脚踏实地、志存高远。这就是儒家追求的内圣外王的内涵。

　　儒家的政治精神，认为政治建设需要伴随爱的激发、延续和提升——将其称为"仁"，即爱人、爱己、爱社会、爱万物，形成了具有中国特色的政治文化体系。中国古代文学是以其情感、道德直接与人的生命、精神、言行相联系的。

理解与分析：
这样的学术理念会产生什么样的语录？

理解与分析：
这样的学术传承，在语录的内容中会如何呈现、继承和超越？

儒家的学术根源，是周文化与六经。《淮南子》要略篇总结："孔子修成、康之道，述周公之训，以教七十子，使服其衣冠，修其篇籍，故儒者之学生焉。"[①]《汉书·艺文志》说"游文于六经之中，留意于仁义之际，祖述尧、舜，宪章文、武"。[②]孔子晚年感叹"久矣，吾不复梦见周公"。（《论语·过而》）

周文化与六经的关系在当前的文学史中较少提及，原因在于文学史侧重于纯文学特色，很少从思想上考察文献的生成与文体的变化。实际上，六经作为中国文化的源头，后人对它的学习不仅是从文学角度的模仿，而且是思想与理念的进一步阐释，进而有了史学、文学，也有了中国一脉相承的、共同信仰的民族理念、民族文化。尤其是散文，它从来都不是个人意义上的文章。

思考与论说：
思考"经学—史学—文学"中国传统文学发展的基本规律。舍弃自己的，而完全用西方纯文科的架构，我们的文学学习会不会因此失去思想内涵？我们依靠传统，而最终对传统的理解会不会过于浅薄？如何做到与世界对话？

二、儒家的学术理念与语录的产生

1. 自然之悟，从感性到理性

原文 子曰："苗而不秀者有矣夫！秀而不实者有矣夫！"[③]（《论语·子罕》）

解析 谷始生曰苗，成穗为秀，成谷曰实。

译文 先生说："发了苗，没有结成穗的有吧！结了穗，没有长成谷的有吧！"

自然给人的安排与启示是中国智慧的来源之一。自然给人以无限的意义启示，我们总是在自然面前被感动。文学里的比兴寄托、情景交融，都是人类将各种事情与

思考与论说：
《论语》中的"自然之悟"为什么没有道家的多？

文体实训：
模仿"自然之悟"的创作思维，写一句话。

① [西汉]刘安撰：《淮南子》卷二十八要略，明嘉靖九年刻本。
② [东汉]班固撰，[唐]颜师古注：《汉书》卷三十艺文志，清乾隆四年刻本。
③ 杨伯峻译注：《论语译注》，北京：中华书局，1980年，第134页。

自然万物进行类比后发出的喟叹。这种语言形式的表达，不是儒家学派专有的，而是一切有灵性的人的共同思维。

2. 对人类情感的理解与反思，走向文化

原文 "唐棣之华，偏其反而。岂不尔思？室是远而。"子曰："未之思也。夫何远之有？"[①]（《论语·子罕》）

译文 "唐棣的花朵啊，翩翩地摇摆。我岂能不想念你呢？只是由于家住的地方太远了。"孔子说："他还是没有真的想念，如果真的想念，有什么遥远的呢？"

这是孔子对"相思"这种情感进行的评价，他认为距离造成了爱情的间隔只是借口，含蓄但鲜明地标举了爱情文化、爱情品格。

原文 子食于有丧者之侧，未尝饱也。[②]（《论语·过而》）

译文 孔子在有丧事的人旁边吃饭，从来没有吃饱过。

恻隐之心、推己及人，同情他人、与之同享。凡是受过儒家文化影响的人，总是能注意自己的言行，并将其推向两个人之间的心灵互动，形成一种和谐的社会关系，这是儒家文化的一个非常鲜明的特点。

儒家文化重视美好情感的培养，关注人类的各种情感、心理活动，并且将平凡的、也许带有私欲的欢喜哀乐导引到一种意志、文化层面，将人从尘土中提升，赋予人性的光辉。在全民族共同的"心向往之"中追求一种人文情感，通过"共同相信"和"共同努力"而创造出民族的文学与文化。

[①] 杨伯峻译注：《论语译注》，北京：中华书局，1980年，第137页。

[②] 杨伯峻译注：《论语译注》，北京：中华书局，1980年，第97页。

理解与分析：
你能数出人类的情感有多少种吗？你认为哪一种最珍贵？请你就人类的一种情感写一段话。

文体实训：
模仿"情感之思"的创作思维，写一句话。

理解与分析：
生活中还有哪些情感是你珍视的？儒家涉及了哪些？相关语录是什么？请参看清代孙星衍的《孔子集语》。

思政专题：
谈谈儒家文化与"和谐社会"的构建。

3. 立身修为

儒家文化期待一种美好的人生体验，终生自我修为，追求美好的情感、可贵的品质，因而造就了一批乡贤、爱国人士，这些人在社会文化的塑造中、在国家的危难之际、在担当时代责任上，是中国的脊梁，让我们感动。儒家把他们称为"君子"。

"野哉！君子不可以不学，见人不可以不饰。不饰无貌，无貌不敬，不敬无礼，无礼不立。夫远而有光者，饰也；近而逾明者，学也。"（《大戴礼记·劝学》）

子曰："后生可畏，焉知来者之不如今也。四十、五十而无闻焉，斯亦不足畏也。"[1]（《论语·子罕》）

儒家讲究修饰，追求外表整洁、言行可法、进退有礼、学问有成，由简而繁地形成人生的境界，而且把这些心理融入不同年龄段的人中，使人们通过慎独、反思来完成自己在人间的使命。

4. 民族精神的奠定：从仁到社会主义核心价值观

儒家倡导社会要因人力而控制，"凡事一任其迁流之所至，遂成为各自为谋，弱肉强食之世界。"[2] 儒家文化的核心，一言以蔽之，仁。从孔子的民本、孟子的保民到今天的民主，为达到这一目标，历代中国人革新教育和文化，建设制度与人文。经过几千年的发展，我们从民本走到真正的人民当家作主，推翻了封建社会，从中华民国到中华人民共和国，虽然历时很久，但已经成功。中华人民共和国进入中国特色社会主义新阶段，提出了社会主义核心价值观。今天正是构筑中国精神、中国价值、中国力量的时刻，对西方优秀文化固然要充分吸收，但

理解与分析：
关于立身修为的词汇，你知道多少？

修辞实训：
结合现代的哲学、心理学或伦理学知识，用今天的语言对《论语》中的某句话进行再创造。

文体实训：
从"立身修为"的角度写一段话。

拓展阅读：
儒家理念"一日三省"的近代代表作《曾国藩全书》。

中西对比：
人与人很少有差异，但差异真正起作用。

实践与创新：
今天，企业文化语录、社会文化语录的搜集阅读、创新写作。

善：仁政—人政—美政
特别强调认识的主体——人，在其理论思维中，以人道、人性、人生、人格为本位，组成一种知识意向和价值意向。
儒家阐述的就是两大主题：治心与治世。其目的就是爱人。爱人，体现了儒家的核心政治观。实现人生意义、价值、理想、境界不依靠外在的强制力，而是由求来实现。所谓治世，就是努力营造一个充满爱心的世界，是经世济众的"美政之学"。

---

[1] 杨伯峻译注：《论语译注》，北京：中华书局，1980年，第135页。
[2] 吕思勉著：《秦汉史》，北京：中华书局，2020年，第96页。

我们自己的文化更要从根做起，走出中国特色。

三、修辞理念与修辞方法

修辞，是一种简洁的、通用的、富有洞见的语言结构。不同理念下的语言结构本身就带有一种文化意义，儒家拥有自己的逻辑认知、修辞理念和常用修辞手法。

1. 修辞理念：语言平和

《周易》："君子安其身而后动，易其心而后语，定其交而后求。君子修此三者，故全也。"[1]（《系辞传下》）

"易其心而后语"要求人们出言陈辞前先平易其心，因为人在心平气和时对人对事的看法更加公正客观。人在心平气和时多会注意说话的语气、语调，注意遣词造句，而不会说出偏激的话、过头的话和错误的话；人在心平气和时更乐于以温和、友好的态度对待他人，使对方处于一种安宁祥和的氛围，从而保证对方对言语的正确理解和反应，保证交际的顺利进行。

子张评价孔子在言谈时给人的感觉道：

"子亦闻夫子之议论邪！徐言闇闇，威仪翼翼，后言先默，得之推让，巍巍乎！荡荡乎！道有归矣。"[2]（《韩诗外传》第九）

孔子在辩论时从容不迫，子张将"后言先默，得之推让"的言谈威仪归因于"道有归"。儒家之道，本于正，修于心，期望达到的是"发乎情，止于礼"，追求和谐，因而自然会做到理正、辞正，对世界万物的认识也就会全面、公正。

思考与论说：
如何看待儒家辩论的言谈威仪？

---

① 杨天才，张善文译注：《周易》，北京：中华书局，2011年，第625页。

② ［汉］韩婴撰，许维遹校释：《韩诗外传集释》，北京：中华书局，1980年，第333页。

2. 修辞理念：修辞立其诚

"君子进德修业。忠信所以进德也。修辞立其诚，所以居业也。"[1][乾（卦一）]

儒家修辞的目的是"立诚"。宋代王应麟说："修其内则为诚，修其外则为巧言。""修辞立其诚，应用到辞令上，是指辞令内容信实和言说者情感真实两个方面，诚哉斯言。内修之'诚'指向事实和价值两个层面：内容可信，情感真诚。"同时，诚既是与人为善的原则，也是对待自我的方式——不自欺。

3. 修辞理念：情欲信，辞欲巧

言以足志，文以足言。[2]（《左传·襄公二十五年》）

质胜文则野，文胜质则史。文质彬彬，然后君子。[3]（《论语·雍也》）

"志"与"质"，就是指言有物，言有序。"文"就是生动有文采，文采涉及的可能是气象、格局、思维、感染力、美学。

中国第一部文学理论专著《文心雕龙》在孔子美学的基础上，对文学的艺术本质和特征进行了全面的总结。

4. 修辞方法：排比、对偶

（1）在对比、映衬中进行道德建设、相反的概念排比，通过选择体现价值追求、人文建设。例如：

君子怀德，小人怀土；君子怀刑，小人怀惠。[4]（《论语·里仁》）

子贡问曰："乡人皆好之，何如？"子曰："未可也。""乡人皆恶之，何如？"子曰："未可也。不如乡人之善者皆好

---

① 周振甫译注：《周易译注》，北京：中华书局，1991年，第5页。
② 杨伯峻译注：《春秋左传注》，北京：中华书局，2000年，第1106页。
③ 杨伯峻译注：《论语译注》，北京：中华书局，1980年，第61页。
④ 杨伯峻译注：《论语译注》，北京：中华书局，1980年，第38页。

之，其不善者皆恶之。"① (《论语·子路》)

子路问于孔子曰："贤君治国，所先者何?"孔子曰："在于尊贤而贱不肖。"② (《孔子家语·贤君第十三》)

儒家理念在于爱憎分明，弟子问"以德报怨如何?"孔子回答"何以报德?"不姑息，有原则，这种修辞方法的好处在于鲜明标举自己的主张。

（2）将类似的儒家理念排列在一起，形成儒家理念的知识结构。例如：

博我以文，约我以礼。(《论语·子罕》)

学而不思则罔，思而不学则殆。③ (《论语·为政》)

博学而笃志，切问而近思，仁在其中矣。④ (《论语·子张》)

将相似的词汇间隔放在两句中，起到变化、强调和补充的作用。同义词在上下两句里间隔呼应，使句式更加工整灵活，语义相互照应、互相补足，形成了《论语》语言雍容和顺、平稳缜密的特点。⑤

5. 修辞方法：顶针、回环

儒家强调"人能弘道"，注重人对事情的掌握和引导、对必然之势的判断，从而建构世人可以遵循的规范，常用顶针的修辞方法。例如：

君子务本，本立而道生。⑥ (《论语·学而》)

---

① 杨伯峻译注:《论语译注》，北京：中华书局，1980 年，第142 页。
② 王国轩、王秀梅译注:《孔子家语》，北京：中华书局，2011年，第 116 页。
③ 杨伯峻译注:《论语译注》，北京：中华书局，1980 年，第90 页。
④ 杨伯峻译注:《论语译注》，北京：中华书局，1980 年，第200 页。
⑤ 童亚萍:《〈论语〉的语义配置修辞举隅》，《湖北师范学院学报》(哲学社会科学版) 2015 年第 1 期，第 24 页。
⑥ 杨伯峻译注:《论语译注》，北京：中华书局，1980 年，第 2 页。

名不正，则言不顺；言不顺，则事不成；事不成，则礼乐不兴；礼乐不兴，则刑罚不中，则民无所措手足。[①]（《论语·子路》）

无欲速，无见小利。欲速则不达，见小利则大事不成。[②]（《论语·子路》）

视其所以，观其所由，察其所安。[③]（《论语·为政》）

表达事物相互依存的关系，用回环的修辞方法。例如：

文犹质也，质犹文也。[④]（《论语·颜渊》）

有德者必有言，有言者不必有德。仁者必有勇，勇者不必有仁。[⑤]（《论语·宪问篇》）

6. 修辞方法：虚词、语气词的使用

儒家对人怀有深情，常大量使用虚词、语气词表达内心饱满的思想感情。例如：

苗而不秀者有矣夫！秀而不实者有矣夫！[⑥]（《论语·子罕》）

甚矣，吾衰也！君子哉若人。[⑦]（《论语·述而》）

思考与论说

（1）谈谈你对儒家语录文献的认识，请从"智慧的传承、

① 杨伯峻译注：《论语译注》，北京：中华书局，1980 年，第 134 页。
② 杨伯峻译注：《论语译注》，北京：中华书局，1980 年，第 129 页。
③ 杨伯峻译注：《论语译注》，北京：中华书局，1980 年，第 116 页。
④ 杨伯峻译注：《论语译注》，北京：中华书局，1980 年，第 126 页。
⑤ 杨伯峻译注：《论语译注》，北京：中华书局，1980 年，第 147 页。
⑥ 杨伯峻译注：《论语译注》，北京：中华书局，1980 年，第 94 页。
⑦ 杨伯峻译注：《论语译注》，北京：中华书局，1980 年，第 67 页。

思想的成长到语言艺术的生成、行为准则与心理构建"这个角度思考。

（2）如何理解中文专业技能？请谈谈读、说、写的时代内涵。

文体模仿写作

（1）完成文体模仿 1、2、3 ：自然之悟，情感之思，立身修为。要求：总结分析一类修辞模式或语录类型，用现代汉语或古代汉语进行文体模仿。

阅读与创新

（1）批注式阅读：《论语译注》（杨伯峻译注）、《张居正讲解〈论语〉》。

（2）辅助对比阅读：《曾国藩全集》。

（3）搜集当今语录：习近平主席语录、企业文化语录、脱口秀中有价值的生活语录、职场科技语录、西方人文启蒙语录。

（4）实践创新：写两条关于当今各个社会层面（企业、政府部门、文化新媒体）的语录。

拓展阅读文献

1. 原典文献（批注式阅读）

（1）杨伯峻译注：《论语译注》，北京：中华书局，2009 年。

（2）[明] 张居正：《听张居正讲论语》，天津：天津人民出版社，2017 年。

2. 文体研究类文献

（1）过常宝著：《先秦散文研究——早期文体及话语方式的生成》，北京：人民出版社，2009 年。

（2）胡大雷:《"立言"——中国古代的一种文化》,《南国学术》2020 年第 2 期。

3. **修辞研究类文献**

（1）丁秀菊:《先秦儒家修辞研究——以孔子、孟子、荀子为例》,山东大学博士学位论文,2007 年。

（2）罗渊著:《中国修辞学研究转型论纲》,北京:中国社会科学出版社,2008 年。

4. **当今应用类文献**

（1）胡百精:《先秦修辞思想与中国古代公共关系史》,《当代传播》2014 年第 2 期。

第三节　六经之教与传、说、记体的生成

教师讲授

（1）**思维**:儒家思想的源头六经之教的内涵与文体生成。

（2）**修辞、文体**:传、说、记体。

学生实践

（1）从文体流变角度掌握儒家思想在文献形式上的变革。

（2）能运用传、说、记体对中国经典进行解读。

　　孔子的贡献在于建立了一种批判社会、政治、文化、制度的人文视角,使我们的精神世界有所指归。孔子一生致力于"述而不作",述的内涵实际上就是对六经"义"的挖掘。子言之曰:"仁者天下之表也,义者天下之制也。"（《礼记·表记》）孔子建立人文视角,确立一种以社会价值为核心的精神文明,从而生成了一套语言观念机制。这种价值观一直渗透到后世的经学、史学、文学。天下之论,

中国文化之思:

文化的重要性在于人不能按照天性去发展,必须有文化、学术作为助力,才能拥有力量,拥有平和的语气、有条不紊的做事节奏。这时,我们可以被称为"成人"。但是,将追求的理念、学术完全变成行动,需要一个过程。因此,历史的发展就是一个文化推进的过程。

折中于夫子，儒家理念成为中华民族所恪守的一种理念，表现在哪种文体的流变上呢？

一、孔夫子，还是"空夫子"？

以往，在"中国古代文学史"课程中只呈现《论语》这一部文献。杨朝明先生提出"孔夫子，还是空夫子?"之说，指出仅仅依靠《论语》，对于认识中国传统的主体文化是严重不足的。当今学界经过研究将早期儒家文献的来源分为两个部分：

（1）孔子述而不作的六经教学文本；

（2）本派始祖孔子的语录。[①]

这类文献资料已经远远超过《论语》的范畴，目前文献形式主要包括：

（1）出土文献郭店简、上博简中的孔子遗说；

（2）《孔子家语》《孔子三朝记》《孔丛子》中的孔子遗说；

（3）两汉大小戴《礼记》中的孔子遗说；

（4）《说苑》中的孔子遗说。

"空夫子"之说，除了反思所依靠的文献严重不足外，还要思考我们对儒家思想的了解度、对儒家修辞智慧的熟悉度。

二、六经之教与传、说、记体

文化继承的本质核心理念是什么？中国传统文化的根又是什么？后人的"祖述六经""文源于六经"说，本质上是说中国文学的源头是六经。这和将中国文学的源头

---

① 过常宝著：《先秦散文研究——早期文体及话语方式的生成》，北京：人民出版社，2009 年。

追溯到神话不同，强调文章中所蕴含的知识体系、思想信念和价值追求。对于知识体系和思想观念的不断修正，并注重词语本身的界限、次序和关联所形成的新的意义形式就是文体的演变史。离开以知识和观念体系作为底蕴的文学意识和文学史学习，很难达到真正的完善。因此，有必要展示由知识而文体的路径。

但是，我们需要界定学术与文化的区别、传统文化与社会主义新时代文化建设的联系。因此，在编写本书过程中我们始终本着以下几个原则：

（1）具有文化原点的思维方式；

（2）注重选材与社会主义核心价值观一脉相承，具有文化的延续性；

（3）主要展示影响到文章义理、手法写作的学术，并不对一种思想进行全面梳理；

（4）考虑到本科生的接受能力。

（一）易　教

孔子整理《易》有一个大的学术背景，那就是夏商到西周时期人文文化的觉醒。《孔子家语·好生》记载着一个故事：

孔子问漆雕凭曰："子事臧文仲、武仲及孺子容，此三大夫孰贤？"对曰："臧氏家有守龟焉，名曰蔡。文仲三年而为一兆，武仲三年而为二兆，孺子容三年而为三兆。凭从此之见。"[①]

在这个故事中，虽未废卜，但是已经非常强调人对事物的推动作用。这正好呼应了西周年间，从占卜走向哲学的人文启蒙。《大雅·文王》讲"聿修厥德，永言配命"

[①] 王国轩、王秀梅译注:《孔子家语》，北京：中华书局，2011年，第 115 页。

对《易》的使用有四种途径:用它来谈论的,看重它的卦爻辞;用它来行动的,看重它的辩护;用它来制造器物的,看重它的卦象;用它来占卜吉凶的,看重它的占问。占卜用的是数的变化。谈论用的是一般的哲学原理。

(意思是"好好修为你的德行,才能有相应的天命"),西周时期这种天命观的转变,是中华文化觉醒的标志。子曰:"郁郁乎文哉,吾从周。"这里的文,展现的是人文的力量、理性的觉醒。对于我们目前看到的《周易》文本,不能仅仅将它视为占卜书籍,因为它包含了当时人们对世界一般事物最原始的哲学见解。

1. 易经哲学架构与语录的源头之一

孔子在建构君子品格时,运用了《周易》中的哲学架构,这份见解首先表现在《系辞传》以及对各卦的解释上。到《论语》时,也有了相应的表达。

《易传·系辞传》言,"天地之大德曰生"[①];而《论语·阳货》有相对应的"天何言哉?四时行焉,百物生焉"[②]。

《易·益卦》言,"君子以见善则迁,有过则改"[③];《论语·里仁》则有相对应的"见贤思齐焉,见不贤而内自省也"[④]。

《易·艮卦》言,"君子以思不出其位"[⑤],而《论语·泰伯》有相对应的"子曰:'不在其位,不谋其政。'"[⑥]

《易·家人》言,"君子以言有物而行有恒"[⑦],而郭店简《缁衣》有:"子曰:'君子言有物,行有格。此以生不

---

① 周振甫译注:《周易译注》,北京:中华书局,1991年,第255页。
② 程树德撰,程俊英、蒋见元点校:《论语集释》,北京:中华书局,1990年,第1227页。
③ 周振甫译注:《周易译注》,北京:中华书局,1991年,第145页。
④ 程树德撰,程俊英、蒋见元点校:《论语集释》,北京:中华书局,1990年,第269页。
⑤ 周振甫译注:《周易译注》,北京:中华书局,1991年,第185页。
⑥ 程树德撰,程俊英、蒋见元点校:《论语集释》,北京:中华书局,1990年,第541页。
⑦ 周振甫译注:《周易译注》,北京:中华书局,1991年,第129页。

可夺志，死不可夺名。'"①

《易·大过》言："泽灭木，大过。君子以独立不惧，遁世无闷。"②《论语·颜渊》言："司马牛问君子。子曰：'君子不忧不惧。'曰：'不忧不惧，斯谓之君子已乎？'子曰：'内省不疚，夫何忧何惧？'"③

儒家并没有继承《周易》的象、数思维，在占卜功能上，只继承了对事物必然之势的判断，对人事应该遵守规范的指导。孔子将这种人为修养和哲学的架构结合在一起，这是儒家学术在思维上的一大提升。

2. 易教之法与训诂、经传

在教法上，孔子在教授易经过程中，训诂释词，通释句意。如《易传·系辞上传》："'劳谦，君子有终，吉。'子曰：'劳而不伐，有功而不德，厚之至也。'语以其功下人者也。德言盛，礼言恭。谦也者，致恭以存其位者也。"④其中"语以"是口语传播中解说性话语的保留，在论说与解经过程中，一则保留了《周易》丰富的思想，二则使儒家思想有了普遍的哲学内涵。

在儒家理念与《周易》哲学的结合上，如《易传·系辞上传》解释《大有卦》曰：

"'自天祐之，吉无不利。'子曰：'祐者，助也。天之所助者，顺也；人之所助者，信也。'履信思乎顺，又以尚贤也，是以自天祐之，吉，无不利也。"⑤其中训"祐"

思考与论说：
从周易文化走向君子期待。

实训准备：
首先在于破除对《周易》的恐惧心理，将其作为哲学书籍看待。然后建立阅读思维：从一般哲学引申到君子规范。

---

① 刘钊著：《郭店楚简校释》，福州：福建人民出版社，2005 年，第 50 页。

② 周振甫译注：《周易译注》，北京：中华书局，1991 年，第 99 页。

③ 程树德撰，程俊英、蒋见元点校：《论语集释》，北京：中华书局，1990 年，第 827 页。

④ 周振甫译注：《周易译注》，北京：中华书局，1991 年，第 239 页。

⑤ 周振甫译注：《周易译注》，北京：中华书局，1991 年，第 249 页。

理解与分析：

儒家理念是如何融入《周易》的哲学架构的？

修辞实训：

选择任意一卦，参看周振甫的《周易译注》结合《故训汇纂》运用在"古代汉语"课程中所学知识，用现代话语对其进行解释。

之义，又以"是以"通本句之意，在天助之外，强调人的力量。

孔子释经有随文释义和通释句意两种。随文释义的方法在于：

（1）音训、形训或转训以解单字内涵为主。

（2）陈说：描述其事而义始明者谓之陈说。它通过诠释单字蕴含的意义来解释整句。

（3）融入儒家理念。

原文只有"自天祐之"的内涵，孔子加入了"人之所助者，信也。"之后提出总体理念"履信思乎顺，又以尚贤也"，人之助，用"履"字，而"天之助"用"思"字。这种解释并非妄加学派理念。从春秋晚期到战国初期，社会文化剧烈变革，天命意识越来越淡薄，理性人文力量觉醒，强调伦理、民本等进步思想，社会新理性需要有一种建构。

思想总是容易滞留在某一环节当中，而真正的思想是借由自我运动而扩展空间，是一种行动力，是通过思考的过程建立信仰的精神状态。而引导的方向和尺寸，必须有一个公共的考量在里面，同时也必须建立一种文化新生的内在逻辑性。

这些随文释义和通文释义的方法，在后来的《春秋公羊传》中成为一种固定的经传体例。戴圣又以《春秋公羊传》义例解《论语》，以成《论语注》。陈澧言："孔子作十篇，为经注之祖。"[1] **焦循言："孔子之十翼，即训诂之文，反复以明象变，辞气与论语遂别，后世注疏之学，实起于此。"**[2] 而孔门教法正是后期文体分流的萌芽。

① [清] 陈澧：《东塾读书记》，北京：生活·读书·新知三联书店，1998 年，第 64 页。

② [清] 焦循：《焦循诗文集》，扬州：广陵书社，2009 年，第 266 页。

（二）儒家诗教体系与说体的生成

诗教。孔子有整体通论经籍之义者，《孔丛子·记义》言：

"吾于《周南》《召南》，见周道之所以盛也；于《柏舟》，见匹夫执志之不可易也；于《淇澳》，见学之可以为君子也……于《蓼莪》，见孝子之思养也；于《楚茨》，见孝子之思祭也；于《裳裳者华》，见古之贤者世保其禄也；于《采菽》，见古之明王所以敬诸侯也。"①

出土上博简《孔子诗论》的文风和《孔丛子》一样，如第八简：

"《十月》善諀言；《雨无正》《节南山》皆言上之衰也，王公耻之。《小旻》多疑，疑言不中志者也。《小宛》其言不恶，少有佞焉；《小弁》《巧言》则言人之害也。"

朱渊清认为："《孔子诗论》不涉字词训诂而通说《诗》旨，当为孔门弟子所记孔子《诗》说。"② 此为说体之源。在当时，"说"只是一种教学方法，后至汉代，易有《略说》，诗有《鲁说》《韩说》，礼有《中庸说》《明堂阴阳说》等，此时的说，作为解经体开始确立。

孔子有单篇论诗者。其有以历史事实以解诗者，有以政理以解诗者，有以德行以解诗者。

《孔子家语·好生》：

"《豳诗》曰：'迨天之未阴雨，彻彼桑土，绸缪牖户。今汝下民，或敢侮余？'孔子曰：'能治国家之如此，虽欲侮之，岂可得乎？周自后稷，积行累功，以有爵土。公刘重之以仁。及至大王亶甫，敦以德让，其树根置本，备豫

---

① 王钧林、周海生译注：《孔丛子》，北京：中华书局，2009年，第44～45页。
② 朱渊清：《从孔子论〈甘棠〉看孔门〈诗〉传》，《上博馆藏战国楚竹书研究》，上海书店出版社，2002年，第118～139页。

修辞实训：
读《诗经》中的任意十篇，以相同的文体形式"说"诗。

33

远矣。初,大王都豳,狄人侵之,事之以皮币,不得免焉;事之以珠玉,不得免焉。'于是属耆老而告之:'所欲吾土地。吾闻之:君子不以所养而害人。二三子何患乎无君?'遂独与大姜去之。逾梁山,邑于岐山之下。豳人曰:'仁人之君,不可失也。'从之如归市焉。天之与周,民之去殷,久矣。若此而不能天下,未之有也。武庚恶能侮?'①

这是以历史事实解诗。孔子解释《豳诗》中的一句,他征引的是周朝建国初的事迹,是以历史事实解诗。其中,所言的"二三子何患乎无君?"具体的言辞记录应不是孔子自撰,而是有来源的。孔子对这一事语的解说及从中提炼出"仁"的义理,则是孔子自己对古传文的看法。

下表所列为带有文化理念的历史故事。

文体实训准备:
读史学诗,相得益彰。

带有文化理念的历史故事

出自的诗篇、人物	理　念	历史故事	故事、文化传承
《大雅·生民》后稷		后稷建国	教民稼穑,树艺五谷
《大雅·公刘》公刘	笃(老实、敦厚)	农业兴国	
《大雅·皇矣》古公	仁	以仁立邦	凤鸣岐山
《大雅·大明》文王	德	以德建国太任胎教断虞芮之讼	断虞芮之讼
学生搜集补充			

这些历史故事大多来自《诗经》雅颂篇。传统文学史多注重国风,轻雅颂,《诗经》中的雅颂篇就描绘了先

---

① 王国轩、王秀梅译注:《孔子家语》,北京:中华书局,2011年,第 124 页。

代圣王的赫赫功绩，歌颂了周代盛世之德。在盛世的开创和发展过程中，在历史故事中积累了中华民族最核心的思想意识和治国理念，这是千百年来中华民族所不能更易的文化标志与文化品格。这些是《诗经》中最有价值的东西，也是《诗经》享有盛誉的根本原因。李白："大雅久不作，吾衰竟谁陈。"《大雅》中的圣王之迹应该是中华民族代代相传的珍宝。可惜，对这方面还没有系统地挖掘整理。雅颂篇的重大价值在于扩大民族具有源头性、核心性的历史传说，通过故事讲述的方式传承中华优秀传统文化。

周在中国历史上的地位，不仅仅是作为一个朝代，而且是文化的源头。中国在这之后的发展，不仅仅是经济的发展，而且是自我认可、自我回归的发展。

《孔子家语·好生》：

"《邶诗》曰：'执辔如组'，'两骖如舞'。孔子曰：'为此诗者，其知政乎！夫为组者，总纽于此，成文于彼。言其动于近，行于远也。执此法以御民，岂不化乎？竿旄之忠告，至矣哉！'"[①] 是解说诗中的政治思想。

《孔子家语·贤君》：

"孔子读《诗》，于《正月》六章，愓焉如惧，曰：彼不达之君子，岂止不殆哉？从上依世，则道废；违上离俗，则身危。时不兴善，己独由之，则曰非妖即妄也。故贤也既不遇天，恐不终其命焉。桀杀龙逢，纣杀比干，皆是类也。《诗》曰：'谓天盖高，不敢不局。谓地盖厚，不敢不蹐。'此言上下畏罪，无所自容也。"[②] 是解说诗中的德行操守。

出土之上博简《孔子诗论》与《孔子家语》之论诗

---

① 王国轩、王秀梅译注：《孔子家语》，北京：中华书局，2011年，第126页。

② 王国轩、王秀梅译注：《孔子家语》，北京：中华书局，2011年，第160页。

实训准备：

完成上文中的表格，至少填5个历史故事。

创新与实践：

学生写作《诗经中的历史故事》儿童阅读版。

（1）《诗经》："靡不有初，鲜克有终。"

（2）《道德经》："民之从事，常于几成而败之。慎终如始，则无败事。"

（3）习近平总书记："不忘初心，砥砺前行。"

（4）网友：不忘初心，方得始终。初心易得，始终难守。

词语替换—古今词语转换—文化内涵的渗透

文风一致，展示了孔门诗学的基本教学形式。所以，汉人以政解诗、以史解诗的思潮不是突如其来的，它必定有一个变化的过程。

（三）书教与传

1. 书　教

孔子有整体通论经籍之义者，如《孔丛子·论书》中，子夏问《书》大义：

子曰："吾于《帝典》见尧舜之圣焉，于《大禹》《皋陶谟》《益稷》见禹、稷、皋陶之忠勤功勋焉，于《洛诰》见周公之德焉。故帝典可以观美，《大禹谟》《禹贡》可以观事，《皋陶谟》《益稷》可以观政，《洪范》可以观度，《秦誓》可以观议，'五诰'可以观仁，《甫刑》可以观诚。通斯七者，则《书》之大义举矣"。[1]

有弟子、君王请教单句或章节者，如《论语·宪问》："《书》云：'高宗谅阴，三年不言。'何谓也？"[2]

又如《礼记·檀弓下第四之一》子张问曰：

"《书》云：'高宗三年不言，言乃观。'有诸？"[3] 对此，孔子不能不详为解释。

2. 传孔子在教授《春秋》《尚书》时采用"传"这种方法

《孔丛子·论书》宰我问："《书》云：'纳于大麓，烈风雷雨弗迷，何谓也？'"孔子曰："此言人事之应乎天也。尧既得舜，历试诸难，已而纳之于尊显之官，使大录万

① 王钧林、周海生译注：《孔丛子》，北京：中华书局，2009年，第16页。
② 程树德撰，程俊英、蒋见元点校：《论语集释》，北京：中华书局，1990年，第1036页。
③ [清]孙希旦撰，沈啸寰、王星贤点校：《礼记集解》，北京：中华书局，1989年，第274页。

机之政。是故阴阳清和，五星来备，烈风雷雨各以其应，不有迷错愆伏，明舜之行合于天也。"①

孔子所言是就学生读《尚书》时的疑问所作的解答。

"《史记·孔子世家》中曾说，书传自孔氏，我以为那未必是孔子为《尚书》写了传，而是对尚书作了讲述，这种讲述包含两重意思。一是知识方面的解释，包括文字训诂、名物考证之类。二是意义方面的解释，包括是非、善恶的价值判断之类。……孔子作为儒家学派的创始人，他对古典文献之'述'，当然要包含这样两个方面。正如《释名·释典艺》所说，'传，传也。以传示后人也。'一个学派要能继续发展下去，就不能没有这样的'传'。"②

因此，孔子在教授《尚书》时采用了"传"这种方法，这种方法未必创自孔子，但是它成为经学中的一个解经体例则始自孔子六经之教。

三、礼教与记体

礼有礼仪、礼学两个层次。其教法和形成的文献形式各有不同。礼仪类主要记载在《小戴礼记》中，礼学精神主要记载在《大戴礼记》中。

孔子传承周代礼制，主要有三种教学方式：其一，随弟子问而答，再由学生记录。其中最典型的是曾子就吉凶冠昏所遭之变的礼制向孔子询问，孔子根据不同情况进行讲解。其二，孔子评价当时礼制，而言古礼如何。如《孔子家语·观乡射》中写到孔子讲古乡射之礼，并亲自演习。其三，阐述古礼制之义。《论语·乡党篇》中有讲

---

① 王钧林、周海生译注：《孔丛子》，北京：中华书局，2009 年，第 20 页。
② 刘家和：《史学、经学与思想》，北京：北京师范大学出版社，2005 年，第 252 页。

具体礼制者，如"齐，必有明衣，布。齐必变食。居必迁坐"；"食不厌精，脍不厌细。食饐而餲，鱼馁而肉败，不食。色恶，不食。臭恶，不食。失饪，不食。不时，不食。割不正，不食……食不语，寝不言。虽疏食菜羹，瓜祭，必齐如也"①。在我们当今的各类大型活动中也有各种细节要求，并且也是有专门的授学体系。

在礼学精神的建设上，将《周礼》中的治国精神化为言谈。如《大戴礼记·主言》中，孔子对曾子谈王道："昔者明主之治民有法，必别地以州之，分属而治之，然后贤民无所隐，暴民无所伏，使有司日省如时考之，岁诱贤焉……"②如将这段话与《周礼·天官》"惟王建国，辨方正位，体国经野，设官分职，以为民极"相比，可见孔子"述"周礼治法之痕迹。

孔子传承礼学的教学方式经后学的笔述而发展为后来的传、记体。《孔子家语·观乡射》中有一段文字，它和《仪礼·乡饮酒礼》中所记载的乡饮酒礼自始至终的礼制关系是一一对应的，而孔子每述完一段礼制，便点出其义"贵贱之义别矣""隆杀之义辨矣"……最后，总结"贵贱既明，隆杀既辨，和乐而不流，弟长而无遗，安燕而不乱。此五者，足以正身安国矣，彼国安而天下安矣。故曰：'吾观于乡，而知王道之易易也。'"③而最后一句话又照应第一句，表明孔子是有意识地解释《仪礼》。这样的解经之语最早是发生在孔子与学生的言谈之中的，而到《礼记·乡饮酒义》中，后学去掉了这段文字中的问答背景，而择孔子当年解义的思维，成为解经之记体。

---

① 程树德撰，程俊英、蒋见元点校：《论语集释》，北京：中华书局，1990年，第684～706页。

② 方向东撰：《大戴礼记汇校集解》，北京：中华书局，2008年，第21页。

③ 王国轩、王秀梅译注：《孔子家语》，北京：中华书局，2011年，第337页。

四、春秋之教与史学品格

这里的春秋，既有孔子编订的《春秋》①，也有孔子据以教学的古史。《庄子·天运》中，老子曰："夫六经，先王之陈迹也，岂其所以迹哉！"在孔子之前确实存在着"先王之陈迹"的文献。目前，在考古中所发现的史料如《春秋事语》被看作是一种古史材料。

"春秋"是当时的历史学习资料。刘知几《史通·六家》："春秋家者，其先出于三代。案：《汲冢琐语》记太丁时事，目为《夏殷春秋》……《琐语》又有《晋春秋》，记献公十七年事，《国语》云：晋羊舌肸习于《春秋》，悼公使傅其太子。《左传》昭二年，晋韩宣子来聘，见鲁春秋曰，周礼尽在鲁矣，斯则春秋之目，事匪一家，至于隐没无闻者，不可胜载。"②又如《孔子家语·正论解》"孔子览《晋志》"③提到的历史人物有铜鞮伯华、子产、墨子，并对他们的为政进行了评析。

孔子评议史实者，如"孔子读史，至陈复楚，喟然叹曰：'贤哉楚王！轻千乘之国，而重一言之信。匪申叔之信，不能达其义；匪庄王之贤，不能受其训。'"孔子教授学生，应是以这些古史为教材。

后来，孔子因鲁史而作《春秋》，《史记·十二诸侯年表》记孔子之作春秋，"约其文辞，去其烦重，以制义法，王道备，人事浃。七十子之徒口受其传指，为有所

---

① 学生有请教孔子所编《春秋》者，如《左传》僖公二十八年："子贡问于孔子曰：晋文公实召天子，而使诸侯朝焉。夫子作《春秋》云：'天王狩于河阳'何也？孔子曰：以臣召君，不可以训，亦书其率诸侯事天子而已。"

② [唐] 刘知几撰，[清] 起龙通释，吕思勉评：《史通》，上海：上海古籍出版社，2008年，第8页。

③ 王国轩、王秀梅译注《孔子家语》，北京：中华书局，2011年，第461页。

刺讥褒讳挹损之文辞不可以书见也。"①其中"七十子之徒口受其传"言孔子于教学之际,口述春秋之事、春秋之义,皆为评议古史。

《左传》中的一条史料,更加佐证了孔子评议春秋史实是当时单篇散记的来源之一。《春秋·哀公十一年》:"齐国书帅师伐我。"《左传》:"师及齐师战于郊……右师奔,齐人从之……孟之侧后入以为殿,抽矢策其马,曰:马不进也。"②而在《论语·雍也》中,子曰:"孟之反不伐,奔而殿,将入门,策其马曰:'非敢后也,马不能进也。'"③《论语》中的这段话没有言谈背景,十分突兀。但是我们结合《左传》的记载可知,它是孔子评议史实的话语。因此,史实评议是单篇散记的内容之一。

弟子请教史实。在出土简帛中多见有论及三皇五帝之政者,如上博简《容成氏》《三德》《子羔》;郭店简《唐虞之道》《穷达以时》《六德》《武王践阼》等,这些应该是子羔等第一代弟子所记录的历史笔记。春秋之教与孔子诗、书之教同,亦重在明其中之义。郭店简《唐虞之道》现存简29支,编线两道,是完整的版本。其中讲尧舜禅让制,主要阐明这种制度中所涉及的政治智慧和所体现的人性内涵。司马迁在作《史记·五帝本纪》时言:"学者多称五帝,尚矣。然《尚书》独载尧以来。而百家言黄帝,其文不雅驯,荐绅先生难言之。孔

---

① [汉]司马迁撰,[宋]裴骃集解,[唐]司马贞索隐,[唐]张守节正义:《简体字本前四史:史记》,北京:中华书局,2005年,第365页。
② 杨伯峻编著:《春秋左传注》,北京:中华书局,1990年,第1660页。
③ 程树德撰,程俊英、蒋见元点校:《论语集释》,北京:中华书局,1990年,第396页。

子所传《宰予问五帝德》及《帝系姓》，儒者或不传。"①
说明确有孔子论五帝之事。《周礼》中言外史掌三皇五帝
之书，可见孔子师教之职亦负有外史之能。

相对于其他诸子，儒学之所以经久不衰，在于它对
传统文化的更全面的继承，在于它和教育事业的合二为
一。孔子序六经以为教，讲解《诗》《书》《礼》《易》《春
秋》，给传统理念赋予新的内涵，又以传统理念丰富自
己的学说。孔子的这些教学文献作为共用的知识资源和
思维总汇，经过历代弟子直至今日的努力，展开一种扩
散空间，这种知识的分化表现为各种新文献形式的不断
衍生。

> 思考与论说：
> 谈谈你对此的看法。

思考与论说

（1）从学术传承、文献流变的角度，谈谈儒家思想为什
　　么能成为中国的主体文化。

文体模仿写作

（1）读史学诗，以创新性文体形式梳理出《诗经》雅颂
　　篇中的史实，并辅以诗句。

（2）谈谈你对传、说、记体的认识，并仿照其中一种对
　　经典进行解释。

拓展阅读文献

1. 原典文献（批注式阅读，任选一本）

（1）周振甫译注：《周易译注》，北京：中华书局，2009 年。

---

① ［汉］司马迁撰，［宋］裴骃集解，［唐］司马贞索隐，［唐］
张守节正义：《简体字本前四史：史记》，北京：中华书局，
2005 年，第 35 页。

（2）程俊英、蒋见元译注：《诗经译注》，北京：中华书局，1991 年。

（3）李民、王健撰：《尚书译注》，上海：上海古籍出版社，2004 年。

（4）方向东撰：《大戴礼记汇校集解》，北京：中华书局，2008 年。

（5）[清] 孙希旦撰，沈啸寰、王星贤点校：《礼记集解》，北京：中华书局，1989 年。

（6）杨伯峻编著：《春秋左传注》，北京：中华书局，2018 年。

2. 文体研究类文献

（1）过常宝著：《先秦散文研究——早期文体及话语方式的生成》，北京：人民出版社，2009 年。

（2）于雪棠著：《先秦两汉文体研究》，北京：北京师范大学出版社，2012 年。

（3）尚学峰、李翠叶：《中国礼乐文化的学术传承与〈礼记〉的文体研究》,《河北师范大学学报（哲学社会科学版）》2012 年第 3 期。

3. 当今应用类文献

（1）胡权威：《说服与判断：古典修辞对当代民主的启发》,《政治科学论丛》2013 年第 55 期。

第二章　儒家思想的传承与论说体

本章实训项目

认知与梳理	理解与分析
修辞实训	文体实训
思考与论说	实践与创新

教师讲授

（1）**思维**：儒家思想的传承与论说体的流变。

（2）**修辞、文体**：曾子、孟子在传承儒家思想时，所形成的文体形态。

学生实践

（1）理解杂记型论说、对话中的论说艺术。

（2）掌握儒家理念影响下的论说特征。

第一节　儒家论说体的产生与流变

一、儒家之论说体

（一）儒家论说的源头：宗经、征圣、明道

论，论说也，本为口头传播知识的一种学术方法。《文心雕龙·论说》言"群论"始自《论语》："圣哲彝训曰经，述经叙理曰论。论者，伦也；伦理无爽，则圣意不坠。昔仲尼微言，门人追记，故抑其经目，称为《论语》。盖群论立名，始于兹矣。自《论语》以前，经无论字。《六韬》二论，后人追题乎！"① 将论体源头追溯到孔门早期的师徒

---

① 吴林伯著：《〈文心雕龙〉义疏》，武汉：武汉大学出版社，2002 年，第 215 页。

授学中。

论，为何起于孔门之论说？原因有三：第一，"述经叙理曰论"是说儒家对早期经典六经知识体系的保存和传承，此为宗经。第二，"论者，伦也。伦理无爽，则圣意不坠。"儒家后学以圣人之言、君子之行为人伦典范，此为征圣。第三，孔子开创的儒家理念，作为战国时期人文觉醒的新理念，具有公共价值，具有新文化的增长性，而天下以孔子所理之大义持中而评论天下。"伦理"为纷纷攘攘的人间道义立一秩序，此为明道。只有先有了道义的判断标准，然后才能论说。由此也可见，文体的生成不能单从其形制看，文体受思想、义理的影响和制约。中国之论，非文以载道，无以称"论"。

认知与梳理：
你如何看待文章的"义理"？

论的文体功能指向在于对人文理念的解说与论析。即使论体流变发展到汉代，"石渠论艺，白虎通讲，聚述圣言通经，论家之正体"也是从义理内涵上对"论体"的界定。《说文解字系传》三十五："论，伦也。同归而殊途，一致而百虑，语各有伦，而同归于理也。"[1] 所谓同归于理是指论之最终的论说指向为国人共同的文化理念之"理"也。学者多有将"论"之源归于诸子者，如姚鼐、余嘉锡等[2]，则失"论"之义理根柢。刘师培《论文杂记》："古人不立文名，偶有撰著，皆出入六经、诸子之中，非六经、诸子之外，别有古文一体也。如论说之体，近人列为文体之一者也，然其体实出于儒家。"此论较为公允。而详观后人之论文可见，其言谈中似皆有归宗，此是论体文之创作必立"义法"也。

---

① [五代]徐锴：《说文解字系传》通论下卷三十五，四部丛刊景述古堂景宋钞本，第387页。
② 如[清]姚鼐的《古文辞类纂》序中言："论辩类者，盖原于古之诸子，各以所学著书诏后世。"余嘉锡的《古书通例》言："论文之源，出于诸子。"

汉代刘熙的《释名·典艺》承其精神，言："论，伦也，有伦理也。"这是将当时对论体文的义理内涵定型在字书之中。字书，作为全民的知识体系，具有传承性、规范性。

（二）何为义理

1. 义

夫义者，诸德之发也。义，就是人的德性之光辉。因此，对义的特征，古人总结为"正""善"。郑玄认为"义，宜也。"宜，合适。怎样判断是否合适呢？朱熹有言："义者，人心之裁制也。"何谓人心呢？你看到"朱门酒肉臭，路有冻死骨"，心里就有一种触动，这种触动来自哪里？它来自一种道义判断，古人称之为"义"。所谓义就是"心之制，事之宜。"义，是人类群居秉持的，引导着实际的、有形事业的发展。

我们明白了义，就要懂得什么是精神法度。西周时期，儒家所建立的义理，开始成为整个中国的观念品格。这在文学上是怎么体现的呢？就在对论说文的影响方面。论说是一个人争义理是非的主要表达方式。我们看《论语》《尚书》《礼记》，里面很多词汇都是具有民族特色的，但是我们知之甚少，又怎样拿着去论述呢？

2. 理

郑人把玉之未理者称为璞。理之方，首在于剖析，在于别其条理。于地，沟涂界画曰地理。于身，肌肤纹路曰肌理。于事，方圆短长、坚脆白黑曰事理。于政，上下别交正分曰政理。

凡事能察微剖析，进行区别，即为理（动词）。有理必然有定名。定名之后，事物才得以辨析说明。

孔子最早在自己的言论中通过"辨析"这种语言实践，为天下立了一个君子标准，启发和影响了中国人的精神状态和观念品格。同义词修辞是孔子及其弟子对语言的成功实践。文学的艺术功力或造诣，在很大程度上仰仗对同义词相通和差异的精神捕捉与准确传达。

二、论说体的类型

孔子当年在教授各类文献时所采用的论说方式，并没有形成一定的文献体例，但是作为一种学术方法，渗透在孔子当时陈政、释经、辨史等诸多方面。刘勰《文心雕龙·论说》：

"详观论体，条流多品：陈政，则与议说合契；释经，则与传注参体；辨史，则与赞评齐行；诠文，则与叙引共纪。故议者宜言，说者说语，传者传师，注者主解，赞者明意，评者平理，序者次事，引者胤辞，八名区分，一揆宗论。"①

（1）其所言，陈政者，涉及孔子与国君的论议，可以称为论说，所谓"论，议也"。

（2）其所言，释经者，涉及孔子与弟子论说经典，如《孔子诗论》也，其体可与传体、注体并为解经之三体之一。

（3）其所言，辨史者，涉及孔子与弟子讲论春秋，弟子记之"君子曰"，至于《史记》则以赞评体定型，是论亦可与赞评齐行。

（4）其所言，诠文者，后人有对文章的诠释论说，这种论说自然可以用叙、引来写，而其本质亦为论也。

后世文体分流，虽具体可表现为议、说、传、注、赞、评、序、引之体，但均与论有关。在这八体之中，被后人传承，且依然以"论"命名者为经论、史论、杂论。其中，

认知与梳理：

你读过这三类文体的哪些文章？

① ［梁］刘勰著，范文澜注：《文心雕龙注》，北京：人民文学出版社，1958年，第326页。

经论是从释经一脉传承而发展定型；史论是从辨史一脉传承而发展成体。观《隋书·经籍志》，经部有 25 篇论体文，其中周易类有魏钟会《周易尽神论》《周易互体论》《周易象类》《周易卦序类》等；尚书类有《尚书洪范五行传论》；礼类有《礼论》《石渠礼论》等；春秋类有《春秋申先儒传论》《春秋序论》《春秋决疑论》等。辨史流变为史论。《隋书·经籍志》史部，有 5 篇史论著作，即《论三国志》《三国志评》《战国策论》《竹林七贤论》《正流论》。在隋朝之前，对经学典籍进行论说是论体中重要的一部分，而综论史书和历史人物，也是论体的一部分。

三、论说体的文体特征

从论之文体特征的生成与演变看，自孔子有论起，论已具备基本的文体特征。《孔子家语·论礼》中说："孔子闲居，子张、子贡、言游侍，论及于礼。孔子曰：'居'汝三人者，吾语汝以礼周流无不遍也。"[①] 早期师徒之论，一般由孔子提出论点，以问答成篇。这样的言谈表明孔子对语言的把握是相当有系统的。

如《孔子家语·王言解》中写道："……故曰内修七教而上不劳，外行三至而财不费。此之谓明王之道也。"孔子之论，先讲功能效果，首先提出内修七教而上不劳，外行三至而财不费的总体效果，则闻者必然接问：曾子曰："不劳不费之谓明王，可得闻乎？"孔子曰："昔者……此则生财之路而明王节之，何财之费乎？"完成对"不劳"的解释。曾子再接着问："敢问何谓七教？"孔子又完成了对"七教"内涵的解释，然后再进一步解释内涵，曾子曰："道则至矣，弟子不足以明之。"在完成这一个意层后，

---

① 王国华、王秀梅译注：《孔子家语》，北京：中华书局，2011 年，第 324 页。

由曾子发问："敢问何谓三至?"又引起对"外行三至而财不费"内涵的解释。

在结构上的这种条理，一方面来自孔子本身的言谈艺术，《左传》曰："言之无文，行而不远。"可见，中国早期言谈已经非常有文饰了。另一方面，来自孔门记问之学中弟子请问的艺术。关于孔子之论，弟子在言辞上的整理应是很少的。因为孔子本身的言谈艺术，已经足够引导君王，并一步步进行阐析。后来，孟子在和君王言谈时进行的引导，应亦是得益于孔子当年的言谈艺术。

对人文理念的内在辨析是儒家在修辞上最重要的一种呈现。如《哀公问五仪》，孔子先总论："人有五仪：有庸人，有士，有君子，有贤人，有大圣。"通过对人的言、行、心、性、情的区分，将人分为五仪，孔子在和弟子之间的一问一答中，通过辨析逐项分议之。

论的基本文体特征：

（1）外在总分式的条理性。总分式的文体形态源于古代学问有学与术两个层面的思维体式。

（2）内在辨析的精确性。《文心雕龙》中说："论，原夫论之为体，所以辨正然否；穷于有数，追于无形，迹坚求通，钩深取极；百虑之筌蹄，万事之权衡也。"

可见，论之成体，在于它可以通过辨析而权衡万事。

四、论说文的流变

至于其他诸子，"论"是诸子进行子书创作的思维方法和论证方法，并开始用来为篇章命名。然而，不能说子书均为论体。子书的写作必本于天、地、人三才之道，以宇宙观、生命观、社会观、政治观为出发点，体系宏大，思虑精微，"博明万事"，因此子书之言为公，而后世论体之言出于私人见解。因此《文心雕龙》中说："博明万事为子，适辨一理为论。"所以，在子书中，以论名篇，主要是创作思维方法的文本化。

子书时代的终结和以论命书的众贤时代的到来是在西汉。经过经、子的发展，到西汉时期中国的基本知识体系已经确立。由于早期知识体系的确立，汉代已经不需要子家宏大的视野和精微的哲学思维，而是需要对整个知识体系中的枝节进行深入、具体的论说，所谓"辨正然否"。

汉初有一批作家如桓谭、仲长统、王符、崔寔、荀悦，皆为当时的英杰且有所论著，其书大多标以"论"，王充在《论衡》中也视这些文献为论体。然而这是王充的观点，刘勰却认为"虽标论名，归乎诸子"，其原因在于"皆蔓延杂说，故入诸子之流"，即将此派之作归为诸子。

西汉时期，论说文逐渐从诸子文献中脱离出来，如《过秦论》，在《汉书·艺文志》中被列为"诸子略儒家类"。章学诚《文史通义·诗教下》有言："贾谊《过秦》，盖贾子之篇目也。因陆机《辨亡》之论，规仿《过秦》，遂援左思'著论准《过秦》'之说，而标体为'论'也。"[①]这一例证，正好说明论体逐渐从子学中脱离。这些现象也表明了文章从子学开始转向集部的兴起。

王充曾对西汉时期出现的这类著作进行过评述，在其《对作篇》中言："或曰：圣人作，贤者述，以贤而作，非也。《论衡》《政务》，可谓作者。曰：非作也，亦非述也，论也。论者，述之次也。五经之兴，可谓作矣；太史公书、刘子政序、班叔皮传，可谓述矣。桓君山新论、邹伯奇检论，可谓论矣。"[②]王充将自古至当时的文章的写作划分

① [清]章学诚著，叶瑛校注：《文史通义校注》，北京：中华书局，1985年，第81页。
② [汉]王充著，黄晖撰：《论衡校释》，北京：中华书局，1990年，第1180页。

为三个阶段：**作、述、论。这三种形态实是知识的开创期、知识的传承期、知识的发扬期所采用的不同写作思维。**

理解与分析：
诸子与论说体的关系。

王充言自己的《论衡》不敢称作，也非是述，而是述之次，可命之为论。他也提到桓谭的《新论》、邹伯奇的《检论》，均可称为论。这时大量著作的产生，标志着论体正式确立。它的本质是议。因此《说文·言部》写道："论，议也。"考察东汉众论的内容后，桓谭作《新论》言："初，谭著书言当世行事二十九篇，号曰《新论》。"王符作《潜夫论》言："志意蕴愤，乃隐居著书三十余篇，以讥当时失得，不欲彰显其名，故号曰《潜夫论》。"① 徐干《中论》、崔寔《政论》、彼时之论，从内容上看，为政事、礼乐、教化等事，实为经学、史学的分流。

然而，很多文章认为，论体的大量兴盛和确立是在魏晋玄学兴起时，认为"研求义理则论生焉"。但是后来《昭明文选》在选录论体篇章时，并未见一篇两晋时期的玄学论文。可见，萧统的"论"文体观也是一本于王充的。然玄学之论，最为明显地彰显了论的文体功能，即辨析。"博明万事为子，适辨一理为论。"是论体的根本文体特征。

论，论说也，本为孔门授学的言谈方式，至于诸子学习孔子的学术方式，标论为篇名，而至东汉桓谭、王符、仲长统、王充，均作论体，且标为"新论"，或标为潜夫私人之论，此时论体作为私人论说，进行一理之辨的论，开始成为散文文体中蔚为大宗的一脉。魏晋时期，伴随新的知识体系佛学的出现，借论之体而成精义之辨，实是对论体的应用了。

---

① [汉]王符著，[清]汪继培笺、彭铎校正：《潜夫论笺校正》，北京：中华书局，1985年，第482页。

第二节　杂记型论说与《曾子》的贡献

教师讲授

（1）**思维**：儒家思想理论体系的逐步建立。

（2）**修辞、文体**：曾子对孔子遗说的继承——从杂记到论说的萌芽。

学生实践

（1）掌握儒家思想逐步走向理论体系时的修辞形态、文体形态。

（2）学会使用"杂记型论说"文体，对一个核心概念进行再拓展。

我们将孔子的遗说文献作为时代共用的知识要素，考察它对前期知识要素的整合（六经之教），考察后人如何借助杂记类文献通过不同的知识传承方法引起知识的重新组合或分离，从而形成后来的新的文献形式。《文学史》按照重点作家作品的方式进行呈现，没有展现内在体系的延展，而是从语录体到专论体的过渡，实际是儒家思想成熟的一个发展路径。这就不得不提及一个人：曾子。

一、师道传统与曾子杂记文献

《大戴礼记》选编了曾子十篇，不同于《小戴礼记》对礼制的关注，曾子十篇在儒家礼学观念的生成上起到了重要的转折作用。这一点，学界竟无人注意。陈鳣言："曾子十篇直可视为《论语》之亚，远非《大学》《中庸》可比，长期以来强调《大学》《中庸》而遗弃《大戴礼记》曾子十篇，……而小戴所不取，《大学》非曾子书，独尝引曾子之一言耳,《中庸》虽托名子思,亦似非真,而并为后世所贵,以配《论语》《孟子》,读书人不能别真赝久矣。"[1]此语十分精允。

《震泽集》言:"曾子十章,今见大戴礼,其言醇粹肫切,不离修身力学言行,而于孝尤谆谆焉,蔼乎孔子之家法也。"又有阮元言:"从事孔子学者,当自曾子始。"[2]

曾子的贡献在于把孔子言谈中的礼学修身一脉的知识点上升转换成一种观念,创造了儒门新的话语方式和思维模式。它的文献形式表现为从语录到杂记。

（1）对于同样的义理,孔子是在不同情景下阐述的,曾子则将其合而为一进行集中探讨。

《论语》:"博学之,审问之。"《论语》:"君子博学于文。"《论语》:"学而时习之,不亦说乎?""温故而知新,可以为师矣。"

《大戴礼记》曾子十篇:"君子既学之,患其不博也;既博之,患其不习也;既习之,患其无知也;既知之,患其不能行也;既能行之,贵其能让也。君子之学,致此五者而已矣。"

曾子十篇合孔子两议为一体,讲人之于不同阶段的勉业进德。曾子此处总括了"君子之学,致此五者":博学、温习、审知、践行、谦让。这五者,并非孔子一时一地之言,但都是言君子治学之事。曾子将其合为一处,总结为"君子治学"之理。

（2）曾子对于礼学精义的发展,在于通过联结心理要素去领悟言行本身。

思考与论说:
曾子是如何对儒家思想进行发展的?

文体实训:
学习曾子对孔子语录的整合方法,按照主题进行语录整理。

文体实训:
联系当今的心理学,对孔子的言语进行拓展。

---

① 陈鳣:《雪泥书屋杂志》卷四,《续修四库全书》第 1156 册,第 520 页。
② 张舜徽:《清儒学记》,武汉:华中师范大学出版社,2005 年,第 306 页。

《论语》："三思而后行。"

《曾子》："君子虑胜气，思而后动，论而后行，行必思言之，言之必思复之，思复之必思无悔言，亦可谓慎矣。"

曾子的这段言论即"三思而后行"之义。然曾子从气、虑、思、动、论、行、言方面将《论语》中"思"背后的"虑胜气"而后才有"思"的心理过程揭露了出来，又将"思"之后动、论（更高级的思）然后行的具体行为过程展示了出来，并将整个行为本身定性为"慎"。曾子所提出的这些心理术语，孔子从未如此细致地辨析提及过。曾子用诸多的心理术语去诠释在礼学规范下的人本身的言行，这已使孔子的"言行"理念开始转变为一种礼学观念的建构。

朱子曾言："世传曾子书，乃独取《大戴礼》之十篇以充之，其《言语》《气象》《视论》《孟檀弓》等篇所载相去远甚。"（《晦庵集》卷八十一《书刘子澄所编曾子后》）后之学者对曾子的重视也不甚足，曾子在言语气象上固不如孔、孟，但其学涉及儒家性情观念的发展，这是曾子的独特贡献，也是儒家礼学观念史生成的开端。

顶针的语体形式代表着儒学在心性学上的逐步探究，《大学》里"安而后能虑，虑而后有得"的句式中，郭店简诸如"心无定志，待物而后作，待悦而后行，待习而后定"的句式中，这样的表达已经非常普遍。自曾子起，开创了一种新的语言体系，这种语言体系标志着儒家礼学开始向理论深处探索。

（3）曾子对以往孔子谈论的关于德行方面的话语内涵和应用作进一步解释。

《论语》："必也临事而惧，好谋而成者也。"

《曾子》："居上位而不淫，临事而栗者，鲜不济矣。先忧事者后乐事，先乐事者后忧事。昔者天子日旦思其四海之内，战战唯恐不能义也；诸侯日旦思其四封之内，

文体实训：

选一则孔子语录，仿照曾子的话语模式进行写作。

战战唯恐失损之也；大夫士日旦思其官，战战唯恐不能胜也；庶人日旦思其事，战战唯恐刑罚之至也。是故临事而栗者，鲜不济矣。"

孔子有谈"临事而惧"，而曾子这段长论是对"临事而惧"所作的一番解说，包括"临事而惧"的内涵和"临事而惧"的表现及应用。

这一类文献又如《论语》："德不孤，必有邻。"至于《曾子》："君子义则有常，善则有邻；见其一，冀其二；见其小，冀其大，苟有德焉，亦不求盈于人也。"等等。

（4）曾子通过语义拓展，发挥孔子的思想，并在反思和践履层面建构新的话语形态。

《论语》："往者不悔，来者不豫。"

《曾子》："君子不绝人之欢，不尽人之礼，来者不豫，往者不慎也，去之不谤，就之不赂，亦可谓忠矣。"

这是曾子对孔子话语语义的扩展，即孔子谈往来，则曾子继之谈君子之去就，而定性为"忠"。

《论语》："听其言，信其行。"

《曾子》："故目者，心之浮也；言者，行之指也；作于中则播于外也。故曰：以其见者，占其隐者。故曰：听其言也，可以知其所好矣。观说之流，可以知其术也。久而复之，可以知其信矣。观其所爱亲，可以知其人矣。临惧之而观其不恐也，怒之而观其不逾也，喜之而观其不诬也，近诸色而观其不踰也，饮食之而观其有常也，利之而观其能让也，居哀而观其贞也，居约而观其不营也，勤劳之而观其不扰人也。"

这是论目、心与言行的关系。曾子对"言行"的扩展和诠释，已经是在反思层面有意识地把握言行以践履礼学。

实训准备：
搜集总结《大戴礼记》中曾子对人格进行定性的语录。

54

（5）曾子掌握儒家"中庸"思维下的语言修辞。

《曾子》："君子恭而不难，安而不舒，逊而不谄，宽而不纵，惠而不俭，直而不径，亦可谓知矣。"

在《论语》中常出现的语法体式也被曾子所运用。曾子能继承孔子论人之思维，广泛展开对各种品格的转化和分寸的把握。

（6）曾子将"孝"这一理念提升到礼学建构的层次。

《论语》开篇引有子言"孝，其为仁之本欤"。

《曾子本孝》："君子之孝也，以正致谏；士之孝也，以德从命；庶人之孝也，以力恶食。任善不敢臣三德。"

《曾子立孝》："曾子曰：君子立孝，其忠之用，礼之贵。"

《曾子大孝》："居处不庄，非孝也；事君不忠，非孝也；莅官不敬，非孝也；……所谓孝者，国人皆称愿焉，曰：幸哉！有子如此。"

《曾子大孝》："夫仁者，仁此者也；义者，宣此者也；忠者，忠此者也；信者，信此者也；礼者，体此者也；行者，行此者也；强者，强此者也；乐自顺此生，刑自反此作。"

孝，经过曾子的发挥，在儒家礼学精义的建构中起到了重要的理论起点作用，《小戴礼记》中所选的《曾子问孝》主要是具体的行孝制度，而《大戴礼记》所选《曾子本孝》《曾子立孝》《曾子大孝》《曾子事父母》四篇，虽均与孝有关，但其内涵远远不止于孝行本身。在《曾子制言》的开篇，曾子曰："夫行也者，行礼之谓也。夫礼，贵者敬焉，老者孝焉，幼者慈焉，少者友焉，贱者惠焉。此礼也，行之则行也，立之则义也。"其中对孝的功能的期待，完全是"仁"的内涵了。

曾子之所以发扬孝，在于它是每一个人都可以力行的。曾子将孝转变为一种实践理性，即道德意识，孝通过个体价值的重建、以践行为核心的个体发展，确立言行的内在价值，最终必然形成其与更广阔的公共世界的联系。这是有子言"孝，其为仁之本欤"的原因。

（7）曾子的贡献在于运用合并、延展、定性、记纂、序次、多角度阐发、理念提升等多种方法，逐步推进了儒家理论体系的形成。

《论语》："后生可畏，焉知来者之不如今也，三十、四十而无闻焉，斯亦不足畏也。"

《论语》："原壤夷俟。子曰：'幼而不孙弟，长而无述焉，老而不死，是为贼。'以杖叩其胫。"

《曾子》："三十、四十之间而无艺，即无艺矣；五十而不以善闻，则无闻矣；七十而无德，虽有微过，亦可以勉矣。其少不讽诵，其壮不论议，其老不教诲，亦可谓无业之人矣。少称不弟焉，耻也；壮称无德焉，辱也；老称无礼焉，罪也。过而不能改，倦也；行而不能遂，耻也；慕善人而不与焉，辱也；弗知而不问焉，固也；说而不能，穷也；喜怒异虑，惑也；不能行而言之，诬也；非其事而居之，矫也；道言而饰其辞，虚也；无益而食厚禄，窃也；好道烦言，乱也；杀人而不戚焉，贼也。"

曾子将孔子的"三十、四十而无闻焉"的概括性话语，具体补充为无艺、无德两个方面，总结"无业"之人。将孔子的"幼而不孙弟"定为"耻"，将"长而无述"定为"辱"，并延展提炼出罪、倦、固、穷、惑、诬、矫、虚、窃、贼等词。这是曾子对观人之言行性情方面所作的多层次的阐发。曾子之言，其核心虽是称述孔子言，然极为细致地总结出了每一种心理用词，这实际上代表着儒家义理在后学的阐发之上开始接近一种理论体系。

《曾子·疾病》篇是曾子在临终前对自己学说的总结：
"言不远身，言之主也；行不远身，行之本也。言有主，
行有本，谓之有闻矣。"这表明曾子终身都在"言行"上
用功夫，这个功夫不仅有学界常说的履践功夫，也有理
性思考的工夫。

二、从语录走向杂记型论说

曾子十篇已经呈现出儒家观念体系的生成痕迹。曾
子对"言行体系"的评价，涉及了各种感官用词、心理
动词、情态动词，对词语的分析界定是比较细致的。这
些观念虽源自孔子，但在孔子的言论中并没有如此成体
系地出现。在儒家性情论观念体系的产生过程中，曾子
的贡献是一个重要的承接阶段。

观念体系的逐步形成改变了儒家礼学精义在文体上
的形态，即已经不是孔子当年随事而发所采取的对话方
式，而是小段议论的方式。虽有"曾子曰"的标志，但往
往只是在起首起提示的作用，每一节语录都集中论说一
个主题。另外，在曾子的语录中很少出现如《论语》中
的语气词，这是语录体在文章形态上的一大转折。曾子
十篇在语体形式上所发生的修辞变化，源于儒家的礼学
知识从孔子时的实践型向理论观念型的推衍。

曾子十篇鲜明地展现出了曾子语言与《论语》不间
断的联系，表明曾子的礼学精义主要是诠释而不是自我
立异，从根本上保证了对心性的探讨，是在儒家范畴体
系内进行的。曾子的"述圣之意"是儒家礼学观念史生
成的一个关键转折点，因为它保证了之后儒家的义理虽
丰富扩充，但辞不凌越于儒家范围之外。这之后，儒家
的礼学义理逐渐走向"论"体。

由以上分析可得，曾子十篇不再是《论语》中的言

传身教、即事明理，而是对言行的理论阐释。这种理论阐释展现了对传记再次进行解说的方法，这是中国自己的诠释学。曾子为我们展示了从心理因素、语义扩展、合并话语、解说内涵等多个角度进行的阐发，而且已经开始迈向义理的阐发。这正和郭店简的性情论相通，只是郭店简对性情义理的开拓比曾子十篇的内涵走得更远。

这种人文主义的发展，首先在于它已经形成了相关的理论储备。在郭店简中所讨论的情性与礼，已摆脱语录体的制约，而进入对"思"的学术探讨。曾子的著作摆脱了孔子在具体言谈背景中运用词语时在概念和性质上的随心所欲和模糊不清，虽并不标"论"体，但在文体形式上已具有了论体的特征。

梁启超："战国以还，'求知'的学风日昌，而各派所倡理论，亦日复杂，儒家受其影响，亦竞进而为哲理的或科学的研究，孟荀之论性，论名实，此其大致也，两戴记中亦极能表现此趋势，如《中庸》《大学》《本命》《易本命》等篇，其代表也。"[1]《中庸》《大学》的成书，均在曾子之后，曾子十篇中的礼学观念是《大学》话语源头[2]，儒家礼学观念史的生成，实以曾子为转折，大戴在作礼记资料的编纂时，从《曾子》十八篇中选录十篇，这十篇均是与儒家礼学义理建构紧密相连的，展现了大戴存录曾子十篇时主要是关注它在儒家礼学观念史生成上的承接意义。

---

[1] 梁启超：《国学要籍研读法四种》，北京：国家图书馆出版社，2008年，第245页。

[2] 《大学或问》记载朱熹与弟子的对话，"子谓正经盖夫子之言，而曾子述之，其传则曾子之意，而门人记之，何以知其然也？曰：辞约而理备，言近而旨远，非圣人不能及也。然以其无他左验，且意其或出于古昔先民之言也，故疑之而不敢质。至于传文，或引曾子之言，而又多与《中庸》《孟子》者合，则知其成于曾氏门人之手，而子思以授孟子无疑也。"朱熹所断定的竟是"无他左验"，有人认为谈学派流传，考证作者，不如谈观念本身的生成流变。

思考与论说

（1）儒门后学通过记纂、序次等各种方式对孔子遗说进行
整合，消解了其最初以言谈为背景的语体形式，使
儒学义理得以逐步提炼与成立，直接沟通了汉代"论
体"散文的义理范畴。请谈谈你如何看待这种杂记
型论说方式。

文体模仿写作

（1）练习切入点：按照《大戴礼记》曾子篇中的人格用词，
参照儒家语录，任选两词进行写作。

（2）专题写作：我们必须向曾子学习，不仅要会背《论语》
中的句子，而且要进一步发扬，吸取现代心理学、伦
理学的知识，将《论语》中的句子用现代话语重塑。

拓展阅读文献

1. 原典及相关文献

（1）方向东撰：《大戴礼记汇校集解》，北京：中华书局，
2008 年。

（2）宋立林：《"儒家八派"的再"批判"——早期儒学
多元嬗变的学术史考察》，曲阜师范大学博士论文，
2011 年。

（3）陈桐生：《从出土文献看七十子后学在先秦散文史上
的地位》，《文学遗产》2005 年第 6 期。

（4）刘红霞：《曾子及其学派研究》，山东大学博士论文，
2008 年。

2. 文体研究文献

（1）李翠叶、尚学峰：《儒家礼学精义的学术传承与〈大
戴礼记〉的文体意义》，《船山学刊》2014 年第 1 期。

（2）张磊:《〈曾子〉源流与〈大戴礼记〉"曾子十篇"》,
《古籍整理研究学刊》2009 年第 3 期。

（3）侯文华:《先秦"论"体文之演进及其成就》,《渭南
师范学院学报》2013 年第 3 期。

第三节　儒家理念的推衍与《孟子》对话中的论说艺术

教师讲授

（1）**思维**：孟子对儒家理念的推衍与丰富，以及相应产生
的语言体系。

（2）**修辞**、**文体**：孟子在质疑、驳论中牢固树立儒家理念
的论辩方法。

学生实践

（1）理解伴随着儒家理念的推衍，论说体的形成路径。

（2）掌握孟子驳论中的心理分析和言语辩驳方法。

《论语》《孟子》为我国极通行之书，必不可不熟诵
也。孔子所做是散金碎玉似的人文启蒙，孟子则集中提
炼推衍，确立了儒家的基本价值观，这种价值观成为中
华民族散文创作中坚守的价值导向。孟子的文章是后世
政论文写作的典范。凡书之为大多数人所习熟者，其义
理、其事实、其文法、其辞句即不期而为大多数人所沿用，
在社会即成为常识。

《孟子》的文章，首先从思想理念上推衍孔子学说，
在推衍过程中形成篇幅较长的对话；其次从驳论的角度破
除了质疑，牢固树立了儒家理念。其说理之畅达，章法
之巧妙，都大大超过了《论语》，加上其宏大的气势与生

动的文采，形成了强烈的艺术感染力。这种思想的推衍，形成了儒家学派新形态的修辞方式和文体特征。

一、《孟子》对一个民族所坚守的信念的提炼

说大人，则藐之，勿视其巍巍然。堂高数仞，榱题数尺，我得志，弗为也。食前方丈，侍妾数百人，我得志，弗为也。般乐饮酒，驱骋田猎，后车千乘，我得志，弗为也。在彼者，皆我所不为也；在我者，皆古之制也，吾何畏彼哉？（《孟子·尽心下》）

从孔孟起，中国的论辩文章开始讲究风骨、义理，气象博大刚正，为人民作了沉痛的呼号，对弊政作了深切的抨击，这都是由经学教养熔铸而成。这些意识总结起来，有忧患意识、民本意识、担当意识、扬善抑恶等，形成了中国特色的散文价值判断。这些价值判断是论说的根本宗旨。

这种宏大的理想为中华民族的散文作品增添了豪迈的气概、奔放的激情，并且一直被传承，进而成为中国文人用生命捍卫的价值追求。汉代司马迁有言："小子何敢让焉？"韩愈的《原道》有言："斯吾所谓道也，非向所谓老与佛之道也。尧以是传之舜，舜以是传之禹，禹以是传之汤，汤以是传之文、武、周公，文、武、周公传之孔子，孔子传之孟轲，轲之死，不得其传焉。荀与扬也，择焉而不精，语焉而不详。由周公而上，上而为君，故其事行。由周公而下，下而为臣，故其说长。"宋代："为天地立心，为生民立命，为往圣继绝学，为万世开太平。"从近现代的三民主义，到开创中华人民共和国，实现人民当家作主，再到社会主义核心价值观的提出和"人民就是江山，江山就是人民"理念的广为传播，民本与民主理念一直会绵延到未来。这是中华民族的固有根本。

思考与论说：

民本与民主理念在整个中华民族的文学创作、文化传播上是如何表现的？请举例（戏剧、散文、小说、诗歌、政治、学社、风俗形成）说明。

二、《孟子》对话式论说的文体特征、修辞艺术

文体实训：
从《论语》中任意找一句话，进行推衍论说。

孟子的推衍模式，本于《论语》句子，包括对儒家的思维方式、概念、理念的进一步拓展，与曾子的杂记型论说不同。孟子的贡献主要是在质疑、驳论中牢固树立儒家思想理念。通过孟子的推衍，儒家的理念逐步被提炼为一种鲜明的价值导向。

（一）论说原则的确立

论说的鲜明特色在于它具有独立的价值背景和思想体系。孟子在任何辩论中都不谈与儒家思想不同的概念范畴，他摆明态度，宣扬自己的学术，而不是讨好君王，而这也是辩论的首要原则。

《孟子》中齐宣王问曰："齐桓、晋文之事可得闻乎？"孟子对曰："仲尼之徒无道桓文之事者，是以后世无传焉，臣未之闻也。无以，则王乎？"

对比以下《论语》中孔子与卫灵公的对话：

《论语》："卫灵公问陈于孔子，孔子对曰：'俎豆之事，则尝闻之矣。军旅之事，未之学也。'明日遂行。"

论辩首先要限定主题的范围和层级，避免与自己的核心观点完全背离的议论和琐细的纠缠。比如：在宣王自知提问战争之事不会有回应，从而主动提出"德"时，曰："德何如，则可以王矣？"孟子再进一步提出核心思想，曰："保民而王，莫之能御也。"

理解与分析：
找出《论语》中与此相对应的句子。

孟子论辩，源头总在于孔子圣言，标举儒家理念的君子品格。《滕文公下》中，景春认为公孙衍、张仪为大丈夫，因为他们"一怒而诸侯惧，安居而天下熄"，孟子则鲜明地提出："居天下之广居，立天下之正位，行天下之正道；得志，与民由之；不得志，独行其道。富贵不能

淫，贫贱不能移，威武不能屈，此之谓大丈夫。"孟子讲人性本善的道理，言语之间不离尧舜。

（二）思维与思想的全面继承：儒家学派理念的推衍

儒家政治思维有一个鲜明的逻辑，即仁心—推仁—仁政，在论证时，先从每个人具备的仁心出发，以致君尧舜为出发点，以诱导的方式，先同意、赞成对方的意见，而后诱导对方，使其扩而充之，以实现王道之治。如《齐桓晋文之事》曰："何由知吾可也?"通过宣王以羊易牛所体现出来的不忍之心，剖析宣王的内心"无伤也，是乃仁术也，见牛未见羊也。君子之于禽兽也：见其生，不忍见其死；闻其声，不忍食其肉。是以君子远庖厨也。""君子远庖厨"是一种不忍杀生的心理状态，是通过行为揣摩内心，从而达到和对方在情感上的息息相通。宣王也引诗评价了孟子的谈话艺术。"王说"，曰："诗云：'他人有心，予忖度之。'——夫子之谓也。夫我乃行之，反而求之，不得吾心；夫子言之，于我心有戚戚焉。此心之所以合于王者，何也?"儒家论辩最重要的一环就是对仁心的启发与赞善，而取得了对方心理上的认可就是掌握了论辩的主动权与诱导力。

孟子论辩，在心理导向之后，再引日常生活为例进行类比推理。暗合"仁心—推仁—仁政"这一逻辑，形成了形象生动、援事说理、引喻设譬的论说传统。《孟子》的语言特色表现为浅显、自然而又明快畅达，"辞不迫切而意已独至"，而这主要是由儒家本身的思维特点所决定的；在思想上，全面继承和发扬孔子的思想，或直接引用，或在论说完引用孔子的话作为佐证，或者再诠释，赋予孔子的话更丰富的内涵（见下表）。

理解与分析：

找出《论语》中与此相对应的句子。

批注式阅读《孟子》，对照《论语》，总结出 3 条孔孟之间思想的推衍、论说方式的变革。

儒家学派理念的推衍与发展示例

《论语》	《孟子》	孟子的发展	近代理论的发展
利：孔子罕言利	何必日利		
教育："自行束脩以上，吾未尝无诲焉。"(《论语·述而》)	教育与政治："学，则三代共之，皆所以明人伦也。人伦明于上，小民亲于下。"(《滕文公上》)	孟子明确提出教育的政治意义。这在中国教育史上还是第一次	
仁："古之为政，爱人为大。"(《礼记·哀公问》)	"仁者爱人，有礼者敬人。爱人者，人恒爱之；敬人者，人恒敬之。"(《离娄下》)		
民本："百姓足，君孰与不足？百姓不足，君孰与足？"(《论语·颜渊》) "民可使由之，不可使知之。"(《论语·泰伯》)	"民为贵，社稷次之，君为轻。"(《尽心章句下》)	突破了孔子一向强调的尊卑有序，第一次从政治的角度提高人民的地位，为后世治国提供了正确的思想引领①	毛泽东：人民，只有人民才是创造世界历史的动力。 党的宗旨：为人民服务
学生搜集对比			

（三）解构词汇，赋予其儒家理念

孟子在与齐宣王的对话中，对于"勇"的概念进行了解构，赋予了其儒家"仁者必有勇"的内涵。

宣王言："寡人有疾，寡人好勇。"对曰："王请无好小勇。夫抚剑疾视，曰：'彼恶敢当我哉！'此匹夫之勇，敌一人者也。王请大之！《诗》云：'王赫斯怒，爰整其旅。以遏徂莒，以笃周祜，以对于天下。'此文王之勇也。文王一怒而安天下之民。"

在《论语·宪问》中，孔子提出"仁者必有勇，勇者不必有仁"，孟子继承了孔子对仁在构筑人类各种道德中的参与分量。

---

① 张建华：《孟子对孔子几个重要思想的继承与发展》，孟子研究院网站。

在与宣王的对话中，孟子解构了"寡人非能好先王之乐也，直好世俗之乐耳。"提出"独乐乐，与人乐乐，孰乐？"推出"今王与百姓同乐，则王矣！"又解构了"寡人有疾，寡人好色"。儒家理念建立在人人都有的欲望上，如"好勇，好色，好俗乐"等，只是这欲望要有利于天下之人。这是孟子解构词汇的根本指向，提升了人类私欲的道德性、文化性。

（四）心理导向与论辩方法

对话体在一来一往中，似乎不可控制，但实际上其中是存在心理上的导引的。诱导是一个简单的推理过程：先让对方承认一个常见的事实，然后将其运用到所论证的事情上。《滕文公下》孟子与戴不胜对话，询问戴不胜如果让自己的儿子学说齐国话，是让齐国人教他还是让楚国人教他。对方一定回答："让齐国人教他。"当这一论点成立后，孟子便引申出"一薛居州，独如宋王何？"

他当面质问好战的梁惠王："杀人以梃与刃，有以异乎？"显然是预设好了后一句："以刃与政，有以异乎？"道理出自常理，但是思想甚是鲜明，标举政治制度的重要性。

这样的对话在《孟子》中很常见，是论辩的一种方法，即从普通事件中推出一般道理，再用这一般道理来论证政治，这种方法符合儒家从生活、从民众利益出发的理念。孟子例证时多举日常生活中常见的事物，用大家熟知的常理来证明自己的观点。他一层一层地进行论证，用对方不得不承认的论据来树立自己的论点，环环相扣，逐步推进，使对方无法回转，无可辩驳，最终确立自己的论点。儒家理念的逻辑缜密、步步紧逼。

修辞实训：

采用这种方法，写一段论辩性话语。

三、孟子对论说的贡献:"知言"与驳论

孔子语录显然是经过整理的,主要保留了孔子一人之言。《孟子》的对话实践性更强,保留了儒家理念对人心理和行为的引导,在与非儒家理念和行为的对话中,通过驳论形式,牢固树立了儒家在社会生活和道德行为中的规范作用。宋陈普《孟子·知言》中有言:"识见超然地位高,人言情伪察秋毫。一些疾病生心腹,明鉴当台不可逃。"

《孟子·公孙丑上》:"何如知言?曰:词知其所蔽,淫词知其所陷,邪词知其所离,遁词知其所穷。"

即对于片面的言词,要揭示其隐蔽之处;对于虚夸不实的言词,要揭露其陷溺之心,不受其诱惑;对于错误的言词,要提出其与事实不符,与常理不合之处,不要信其谬说;对躲躲闪闪的言词,要知道其理屈词穷之处,不要让其逃脱。这些主要体现在孟子与质疑者之间的对话中。

孟子的"知言"都是针对当时一些游说之士善于巧言诡辩的特点。针对这些特点,孟子经常使用以子之矛攻子之盾的方法,抓住论敌之语相违之处进行反驳,常常在不知不觉中把对方引导到自己否定自己的结论上去,从而使对方没有任何反驳的余地。他的这些理论和经验对后世论辩文的发展都有深远影响。

(一)揭露陷溺之心

燕人畔。王曰:"吾甚惭于孟子。"陈贾曰:"王无患焉。王自以为与周公,孰仁且智?"王曰:"恶!是何言也?"曰:"周公使管叔监殷,管叔以殷畔。知而使之,是不仁也;不知而使之,是不智也。仁智,周公未之尽也,而况于王乎?贾请见而解之。"

《朱子语类·卷五十二·孟子二》进一步把诐辞、淫辞、邪辞、遁辞视为递进的关系:诐辞,乃是偏于一边,不见一边。蔽者,蔽于一而不见其二也。既有所蔽,说来渐次夸张,便进入"说得淫"阶段。淫者,广大无涯,陷于其中而不自知。至有所陷溺,如陷在水中,不见四旁矣,遂成一家邪说,离于正道。到后来说不通时,便作走路,所谓"遁辞"也:辞穷无可说,又却自为一说。

最早在《尚书》中提出嘉言、谝言概念。嘉言者,善言,良言,德言也;谝言者,诓言、淫言、谗言也。

中西对比:

科学哲学家巴什拉:"真理只是在争辩之后才会呈现其全部意义。不可能存在第一性真理,只存在第一性谬误。"

康德:"要有勇气公开地运用我们的理性。"

66

见孟子问曰:"周公何人也?"曰:"古圣人也。"曰:"使管叔监殷,管叔以殷畔也,有诸?"曰:"然。"曰:"周公知其将畔而使之与?"曰:"不知也。""然则圣人且有过与?"曰:"周公,弟也;管叔,兄也。周公之过,不亦宜乎?""且古之君子,过则改之;今之君子,过则顺之。古之君子,其过也,如日月之食,民皆见之;及其更也,民皆仰之。今之君子,岂徒顺之,又从而为之辞。"①

陈贾想借周公之过来掩盖齐王失策之行。为君文过,这种行为本身就是陷君于过。孟子乃直折之,正言以斥之,揭露其陷溺之心。"当其有过,明白示人,无一毫遮饰,如那日月方食一般。""心事何等明白正大。"陈贾文过饰非,在心理上,不惟巧于逢君,抑亦敢于诬圣矣。

子贡曰:"君子之过也,如日月之食焉;过也,人皆见之;更也,人皆仰之。"儒家坚守真理、倡导在真理面前知错就改,从善如流,这形成了儒家强大的心理品格。孟子曰:"子路,人告之以有过则喜。禹闻善言则拜。大舜有大焉:善与人同,舍己从人,乐取于人以为善。"可见,儒家提倡勇于自修。

(二)揭示其隐蔽之处

高子认为大禹的音乐要胜过文王的音乐,原因是大禹传下来的乐钟,钟钮都快断了。

孟子曰:"是奚足哉?城门之轨,两马之力与?"

孟子说:这怎么能说明问题呢?城门下面的车辙,难道只是几匹马的力量造成的吗?后面隐含的意思就很明确了:是因为天长日久车马经过造成的。大禹的钟钮快断了,也是因为时间久远的关系。

---

① 万丽华、蓝旭译注:《孟子·公孙丑下》卷四,北京:中华书局,2016年,第89页。

对于片面的言词，孟子总是能找到可类比的、浅显明白的道理来回答，使对方反思自己言论的片面性。

（三）针对错误之词

齐宣王问曰："汤放桀，武王伐纣，有诸？"

孟子对曰："于传有之。"

曰："臣弑其君，可乎？"

曰："贼仁者谓之'贼'，贼义者谓之'残'。残贼之人，谓之一夫。闻诛一夫纣矣，未闻弑君也。"[①]

孟子的言论中鲜明标举价值导向，并以此来判断什么是错误的言论。司马迁言"天下言义者，折中于夫子"，孟子在具体的言谈中，继承并全面发扬了"义理"在判断人类言语行为上的根本标准，知言即为知道。

（四）针对躲闪之词

戴盈之曰："什一，去关市之征，今兹未能，请轻之，以待来年，然后已，何如？"

孟子曰："今有人日攘邻家之鸡者，或告之曰：'是非君子之道。'曰'请损之，月攘一鸡，以待来年，然后已。'如知其非义，斯速已矣，何待来年。"[②]

孟子对于在仁义实行上的推脱延宕之词，往往用有直接利害关系的事情进行类比，强调仁义的推行不是可推托的。

但是，孟子对于过于贪图操守名声也是不赞成的。例如，匡章曰："陈仲子岂不诚廉士哉？居于陵，三日不食，耳无闻，目无见也。井上有李，蟠食实者过半矣，匍

---

① 万丽华、蓝旭译注：《孟子·梁惠王下》卷二，北京：中华书局，2016年，第39页。

② 万丽华、蓝旭译注：《孟子·梁惠王下》卷二，北京：中华书局，2016年，第137页。

匐往，将食之，三咽，然后耳有闻，目有见。"孟子对陈仲子的这种行为毫不留情地进行了批判。

（五）对修辞手法的熟练掌握

诸子善用比喻，比喻是容易固定思维的。

告子言："人性之无分于善不善也，犹水之无分于东西也。"孟子立即反驳道："水信无分于东西，无分乎上下乎？人性之善也，犹水之就下也。人无有不善，水无有不下。"（《孟子·告子上》）

告子将人性比喻为水无分东西，这样很容易使听者承认人性也是不分善恶的。但是孟子显然是熟悉比喻作为一种方法是可以去构建的。因此他指出水无分东西，但分上下，从而用"水之就下"来重新形成比喻。

孟子最大的价值在于：第一，知言，即知道。在话语引导上，孟子将儒家的理论思路建立起来——从仁心的启发到推仁再到仁政的建设。孟子认为缺乏德义之守，议论就会走向实用的个人化，走向利己主义，故而强词夺理，或者饰非，或者掩盖，论辩越激烈，则离正道越远，不能入民心，也不能长远。所谓知言，就是判断言与道、德、仁之间的顺逆，分辨行为是否符合仁义的要求。第二，对于强大心理品格的构建。"其为气也，配义与道……是集义所生者，非义袭而取之也"（它是道德不断培育、积累到一定阶段后所自然萌发的人体真气，而不是靠窃取道德的名义就可以获取的）。"人当先养其气，气全则精神全。其为文也刚而敏，治事则有果断"，这里的气带有一种价值判断和精神追求意味，之后无论是写文章还是做事情都有标准可以遵循。

随着儒家思想在全世界范围内的复兴和传播，越来越多的人开始关注它对中国文化传统的深远影响，以及对中国人思维模式和修辞表达的形成的重要作用。

思考与论说

（1）从《孟子》中找出其发扬《论语》或其他孔子遗说
的任意段落，分析孟子的论说方法及在思想内涵上
的丰富之处。

文体模仿写作

（1）仿照孟子对孔子言论的发扬方式，从《论语》中任
意选一句，用论说体的形式写一段话。

拓展阅读文献

1. 原典文献（批注式阅读）

（1）杨伯峻译注：《孟子译注》，北京：中华书局，2008 年。

（2）[明]张居正：《张居正讲解〈孟子〉》，北京：中国华
侨出版社，2009 年。

2. 文体研究文献

（1）徐立：《孟子论说文的特色》，《华南师范大学学报（哲
学社会科学版）》1980 年第 3 期。

（2）刘生良：《〈孟子〉论辩艺术技巧探微》，《兰州大学学
报》2005 年第 3 期。

（3）金高辉、杨帅：《先秦论辩艺术特色分析——以〈论语〉
〈孟子〉〈韩非子〉中排比句为例》，《湖北师范大学
学报（哲学社会科学版）》2018 年第 3 期。

3. 修辞文献

（1）北京大学胡泳：《孟子论知言》，财富中文网。

（2）曾薇：《西方修辞学视野下〈孟子〉的论辩思想与策
略》，广西大学硕士论文，2010 年。

4. 当今应用文献

（1）王富仁:《孟子国家学说的逻辑构成: 从孔子到孟子
（四）》,《西南民族大学学报（人文社科版）》, 2006
年第 8 期。

（2）夏当英:《孟子视野中道德信仰的生成逻辑与建立机
制》,《孔子研究》2014 年第 4 期。

（3）徐志频:《孟子行走战国江湖的"论辩人生"》。

本章实训项目

认知与梳理	理解与分析
修辞实训	文体实训
思考与论说	实践与创新

第三章 独辟鸿蒙与《老子》张力性语录表达

教师讲授

（1）**思维**：老子在扩大学科范围上的贡献，使学生包括大部分中国人改变了对道家的畏惧心理，能在道家思想的基础上，以学科的意识发展传统学术。

（2）**修辞、文体**：道家理念下"张力性"语录体的修辞特征。

学生实践

（1）理解老子语录的学科范畴、思想宗旨、修辞特征、文体特点。

（2）古今连接，与现代学科的对比阅读。

　　《老子》显然属于和儒家文化截然不同的另一种文化体系。两者虽然均属于语录，但在不同的思想理念下展现的语言修辞、文体形态截然不同。先秦时期诸子百家的论说讲辨析、言语求分明，处于一种概念建设期、理论发扬期。但是老子看到了知识所造成的局限，认为事物的精深微妙之处并不落在具体的言辞指称上。《史记·老庄申韩列传》：

　　孔子适周，将问礼于老子。老子曰："子所言者，其人与骨皆已朽矣，独其言在耳……吾闻之，良贾深藏若虚，君子盛德容貌若愚。去子之骄气与多欲，态色与淫志，是皆无益于子之身。吾所以告子，若是而已。"

　　老子认为孔子依周圣贤和六经立言，其言语具有时代的局限性。《老子》的思想特征和文体特点有：

（1）超越时代性的思想；

（2）老子的语录是一种启示，启示式语录不注重逻辑过程推理，直接展示思考的成果；

（3）启示式语录一般配合完美的语言形式，以语言的魅力形成一种接受的力量。

一、语录的来源

老子语录的形成，学界一般追源为箴言、谚语、格言、民谣等，这类文体本身就具有规范世人行为的潜在力量。老子选择这种文体形式，并加以改善，呈现一种"启示"性，形成了独特的文体形态。

认知与梳理：
中国格言的表达方式。

过常宝说："《老子》文本结构的三个基本要素：格言、解释、训诫。我们可以将《老子》八十一章分为下表所列的四种结构类型，兹列表如下。"①《老子》在修辞上多用"故""是以"字眼。

《老子》八十一章中的四种结构类型

类　型	格　言	解　释	训　诫	章　次
第一型	知人者智，自知者明。胜人者有力，自胜者强。知足者富，强行者有志。不失其所者久，死而不亡者寿			第三十三章
第二型	道可道，非常道；名可名，非常名。无名，天地之始；有名，万物之母	故常无，欲以观其妙；常有，欲以观其徼。此两者，同出而异名，同谓之玄。玄之又玄，众妙之门		第一章

---

① 过常宝：《〈老子〉文体考论》，《首都师范大学学报（社会科学版）》，2011 年第 2 期。

类型	格言	解释	训诫	章次
第三型	重为轻根，静为躁君		是以君子终日行不离辎重。虽有荣观，燕处超然。奈何万乘之主，而以身轻天下？轻则失根，躁则失君	第二十六章
第四型	天长地久	天地所以能长且久者，以其不自生，故能长生	是以圣人后其身而身先；外其身而身存。非以其无私邪？故能成其私	第七章

二、超越时代性的思想

老子所关注的思想不是通过见、行、为能够获得的，这与其他诸子比如儒、墨通过辨析、区分进行文化建设、进行国家形态塑造的途径不同。在诸子建构的知识论外，老子开始涉及认知学、情感心理学、接受美学。在诸子进行的价值判断外，老子开始涉及人的自然属性和美学属性。在诸子追求的一定必然性上，老子开始涉及变化的永恒性。"道"这一概念的出现，打破了神创造和支配万物的传统说法，以及天道有知的迷信思想，是思想史上的重大进步，同时它也反映了先秦时期人们抽象思辨能力的极大提高。

（一）对具体知识的超越：知识与认知

不出户，知天下；不窥牖，见天道。其出弥远，其知弥少。是以圣人不行而知，不见而名，不为而成。[1]

林希逸解释这句话为"天道虽隐，阴阳变化，千古

---

[1] 罗义俊撰：《老子译注》，第四十七章"鉴远第四十七"，上海：上海古籍出版社，2012年，第108页。

常然，虽不窥牖亦可见。若必出而求之，则足迹所及……用力愈劳，其心愈昏，故曰其出弥远，其知弥少"。老子的这段话旨在说明体道不在见闻，不要被见闻所束缚。对于本质和真理的掌握，要超脱表象的迷惑，因为纠缠于表象反而会受局限。在这种思想下，老子对人类所掌握的具体知识进行了思考：

博者不知，知者不博。

为学日益，为道日损。损之又损，以至于无为，无为而无不为矣。[1]

老子思考的不是知识，而是认知。学习具体知识，要日日求自益。而体道（认知）需要看到此物、彼物背后规律性的东西。"物或损之而益，或益之而损。"关注的不是知识的增益，而是认知过程中对知识的整理。

（二）对感受的重视：见闻与体会

五色令人目盲，五音令人耳聋，五味令人口爽，驰骋畋猎令人心发狂，难得之货令人行妨。[2]

老子提出，在见闻之外还有来自"心"的力量，区分了由感官带来的见闻和心理带来的感受体会。这涉及心理学、接受美学的范围。

（三）对变化的重视：秩序与相反相生的变化

曲则全，枉则直，洼则盈，敝则新，少则得，多则惑。[3]

事物的变化警示人们去掉过于固执的分别心、是非

思考与论说：
知者不博的意思是什么？

中西对比：
西方：希腊哲学家芝诺将人的知识比作一个圆圈，知识越多，圆就越大，与未知的区域接壤就越多，也就越能发现自己的无知和不足。这正是老子"博者不知"的内涵。儒家、墨家讨论圆圈以内的知识，老子思考圆圈以外的连接。大多数人永远是在知识的领域思考。

中国文化之思：
《墨经》知，接也。

这种变化观，一方面开启了道家思想的通脱观，另一方面开启了诡道。

---

[1] 罗义俊撰：《老子译注》，第四十八章"忘知第四十八"，上海：上海古籍出版社，2012年，第109页。
[2] 罗义俊撰：《老子译注》，第十二章"检欲第十二"，上海：上海古籍出版社，2012年，第29页。
[3] 罗义俊撰：《老子译注》，第二十二章"益谦第二十二"，上海：上海古籍出版社，2012年，第53页。

心，因为有当下就有未来。有喜就有哀，任何一种兴起，都是两面的，没有单面的事物。

（四）对隐藏心理力量的重视：价值判断与心灵的力量

自见者不明，自是者不彰，自伐者无功，自矜者不长。①

儒家学说充满价值判断，是德性词汇集中的学派。价值判断反映了我们的信念如何建构、如何彰显示范。老子重视人类隐藏的心理力量，重视心理影响下对道德吸收的程度。

（五）对人的期待：无私与无为

《老子》认为人类生活与宇宙、自然、他人的关系不是走向区别与分裂，而是遵循内在的统一性，回归到宇宙完整的统一体中。

天地长久。天地所以能长且久者，以其不自生，故能长生。是以圣人后其身而身先，外其身而身存。非以其无私邪？故能成其私。②

凡是私人占有的，就不能扩大规模，不扩大规模，就不能长久地存在。因此老子讲无私，推出"圣人处无为之事，行不言之教，万物作焉而不辞，生而不有，为而不持，功成而弗居。夫唯不居，是以不去"。因此，推出圣人不居功。这和儒家提倡的"己欲达而达人，己欲利而利人"相似，但境界不同。《老子》："圣人不积，既以为人，己愈有；既以与人，己愈多。天之道，利而不害；

---

① 罗义俊撰：《老子译注》，第二十四章"苦思第二十四"，上海：上海古籍出版社，2012 年，第 57 页。

② 罗义俊撰：《老子译注》，第七章"韬光第七"，上海：上海古籍出版社，2012 年，第 19 页。

圣人之道，为而不争。"圣人无私心，以百姓心为心。务在利民而不以利民者自居。

三、老子思想下的教益式话语创新

（一）对具体知识的超越与张力性的修辞表达

老子对于抽象思想往往用具体的词汇进行表达，目的并不是一般意义上对形象、生动的追求，而是在运用这个词的象征义、比喻义。阅读者往往像欣赏一幅画一样，在留白处感受真正的意蕴。运用的是这个词的断裂处生成意义。**用的是这个词的特性。**

五色令人目盲，五音令人耳聋，五味令人口爽，驰骋畋猎令人心发狂；难得之货令人行妨；是以圣人为腹不为目，故去彼取此。[①]

其中的"盲""聋""爽"不指原义，而是指它具备的属性。词汇方面的模糊性表现为核心概念阐述上词义的宽泛性、隐喻性和空缺性。[②]

（二）相反相生否定式表达与启悟

诸子多数注重立论，采用肯定式表达。《老子》则使用否定式表达，这种陌生化、晦涩化的语言表达，使读者不得不启动思考状态。

1. 变化之道与同句中反义词的使用

为无为，事无事，味无味。图难于其易，为大于其细。天下难事，必作于易，天下大事，必作于细。是以圣人

中西对比：

德国马克思·舍勒的《知识社会学问题》："它的思维形式从概念角度来看必定是唯实论的——而不是像在一个社会中所出现的情况那样是唯名论的；但是，它的思维形式同时也不再像原始部落中的人们所做的那样，把词语本身当做事物的属性和力量来解释——在原始部落中，所有获得知识的过程，都依赖于人们通过各种自然现象表现和泄露自身的灵魂与魔鬼所进行的'对话'。"

---

① 罗义俊撰：《老子译注》，第十二章"检欲第十二"，上海：上海古籍出版社，2012 年，第 29 页。
② 杨文滢：《〈老子〉语言的模糊性及其翻译的"留白"》，《中南大学学报（社会科学版）》2009 年第 4 期，第 580 页。

终不为大，故能成其大。①

夫轻诺必寡信，多易必多难。是以圣人犹难之，故终无难矣。

孔子展示人生修为后的必然之道，老子展示不稳定的变化之道。孔子多用顶针句，老子多在一个句子里用截然相反的一对词。

2. 相生之道与两句中反义词的使用

天下皆知美之为美，斯恶已；天下皆知善之为善，斯不善矣。②

福兮祸所依，祸兮福所至。

事物都有自身的对立面。从逻辑学角度看，美与恶，善与不善的定义，符合肯定即否定这一关系。对美设定了标准，就等于宣称不符合这一标准的就是不美，就是丑。

3. 不能并有的关系与"不"的使用

信言不美，美言不信。善者不辩，辩者不善。③

老子试图揭示各种矛盾的多样性、多元化，美善的言谈不巧辩，巧辩的言谈不美善。美善的言谈没有明确的标准，从逻辑学角度看，巧辩与否并不是言谈是否美善的唯一标准。所以，这个说法也不成立。

四、格言式语录的修辞力量

（一）节奏、旋律的美感和力量

《老子》属于韵文体，与儒家语录的单行散句不同。

① 罗义俊撰：《老子译注》，第六十三章"思始第六十三"，上海：上海古籍出版社，2012年，第139页。
② 罗义俊撰：《老子译注》，第二章"养身第二"，上海：上海古籍出版社，2012年，第8页。
③ 罗义俊撰：《老子译注》，第八十一章"显质第八十一"，上海：上海古籍出版社，2012年，第176页。

它讲究对偶、排比与押韵，追求鲜明的节奏、音乐般的旋律，展现语言艺术独有的美感。

　　对偶与押韵的形式最早用在天人相通的场合，如祭天、奠祖等。另外，权威性文献、铭刻等一般也使用韵文，这在于人类对文字的崇拜，而这种节奏感本身就具有一种力量。

（二）浓郁的情感、独树一帜的哲理

　　天下之至柔，驰骋天下之至坚。无有入无间，吾是以知无为之有益。不言之教，无为之益，天下希及之。[①]

　　抒情性表现在形式上，则是大量运用语气词、感叹句、反问句，形成很强的情感发抒。老子运用参差有致的语言形式、情感深厚的语气，阐述丰富深邃的哲理，使道的表述在明白晓畅中独树一帜，从而达到了引人入胜的艺术效果。

（三）格言的力量

　　格言被认为是简短而又富于教益的言论，"过去劳动人民没有受科学教育的机会，可凭着实际经验的积累，他们掌握了自然的规律。许多关于天文、气象、农事、畜牧以及医药卫生的谚语，往往无比的准确，而且符合了科学的理论。"[②]

　　将欲歙之，必固张之；将欲弱之，必固强之；将欲废之，必固兴之。

　　和大怨，必有余怨，安可以为善？是以圣人执左契，

---

① 罗义俊撰：《老子译注》，第四十三章"遍用第四十三"，上海：上海古籍出版社，2012 年，第 102 页。
② 夏德靠：《先秦格言传统及其文献意义》，《河北师范大学学报（哲学社会科学版）》2017 年第 4 期，第 71-82 页。

修辞实训：

在任何公共场合讲话，使用对偶都能将话语形式提升一个层次。它代表人类对语言的修饰、对智慧的把握。如果你参加校际学术交流，请代表自己的学校发表讲话。

而不责于人。有德司契，无德司彻。天道无亲，常与善人。[①]

《老子》的一些语录是从古箴语、格言中延伸出的，然后用"是以"推衍。

老子的学说在一定程度上保留了中国多样的思维方式，发展到今天，已扩展到多学科的范畴，涉及接受美学、认知学、逻辑学等多个领域。只是在早期的语言表达上，用名词本身代替它的属性，或者用否定句式等多种表达方式，背后是特殊思维方式的呈现，肯定了依靠人的感觉、知觉、经验所得来的知识的有效性。

思考与论说

（1）思维锻炼：阅读《韩非子·解老》《韩非子·喻老》，将"拓展阅读文献"中推荐的西方著作与《老子》进行对比，用自己的语言谈谈中西哲学、心理学、逻辑学的相通之处和你的所思所得。

（2）谈谈你对"认知"的看法，没有必要运用《老子》的修辞方式，但是要求语句呈现思考的力量。

拓展阅读文献

（1）[美]麦克伦尼著，赵明燕译:《简单的逻辑学》，杭州：浙江人民出版社，2013年。

（2）[美]欧文·M·柯匹、卡尔·科恩著，张建军、潘天群、顿新国等译:《逻辑学导论》（第13版），北京：中国人民大学出版社，2014年。

（3）理查德·格里格、菲利普·津巴多著，王垒等译:《心理学与生活》（第19版），北京：人民邮电出版社，

这本小书将彻底改变你的思维世界，它是国内畅销、热评近2万条的五星逻辑学科普入门书，也是香港中文大学指定的40本英文经典之一，还是哈佛大学校内书店皇冠书籍。

---

① 罗义俊撰:《老子译注》，第三十六章"微明三十六"，上海：上海古籍出版社，2012年，第82页。

2016 年。

（4）戴维・迈尔斯著，张智勇、乐国安、侯玉波译：《社会心理学》，北京：人民邮电出版社，2006 年。

（5）Jerry M. Burger 著，陈会昌译：《人格心理学》，北京：中国轻工业出版社，2010 年。

本章实训项目

认知与梳理	理解与分析
修辞实训	文体实训
思考与论说	实践与创新

第四章 《墨经》与社会科学思维的建立

教学讲授

（1）**思维**：墨家理念在"小学"中的体现。

（2）**修辞、文体**：《墨经》中的说文解字、墨子对"小学"的建设。

学生实践

（1）学习《墨经》，掌握概念的界定、概念多层次内涵的建设。

（2）理解社会科学思维和语言的科学表达。

《墨经》指今本《墨子》中的《经上》《经下》《经说上》《经说下》《大取》《小取》6篇。《墨经》亦称《墨辩》，它主要讨论认识论、逻辑和自然科学的问题，采用的是说文解字式的经说方式。《墨子》之经为"词汇"，或称为"名"。

自黄帝正名百物指向物体本身，使物皆有所指，中经老子、孔子正名辨析，赋予哲学、人伦内涵，中国哲学知识体系的基本要素——词汇（名），就已经有了非常丰富的内涵。发展到墨子，墨家理念对很多社会常见词汇有了新的扩展。这就需要采用一种文体体例将这种新的知识、思想倾向记录下来。因此，墨子借用了传统的"说"体，并进一步发展出了新的说体体例来传达词汇中的新内涵。

中国字书的成熟首先经历了诸子百家在思想上的淬

认知与梳理：

汇总先秦各家"正名"思想。你在论说时，对概念如何理解？

炼和意义上的丰富，字书中对概念本身的解释就带有理念指向和文化意义。《墨经》带有墨家学派的痕迹。到东汉，许慎的《说文解字》则更全面地汇总了先秦各家的典籍中沉淀下来的内涵。

《墨经》与经说

经：义，利也。

经说：第一，利的对象是天下；

第二，义者的才能，能做到利天下。

第三，不必见用于世，有利天下之功，就是义。

《墨经》和儒家对于"义"的解释大有不同，《墨经》言："义，利也。"并在经说中进一步阐明其内涵，"利天下"显现了墨家的胸怀，"不必见用于世"，则比儒家还要高一个品格。并且，义利的结合更符合生活常态下对义的坚持。孔子言"君子喻于义，小人喻于利"更适合两者必选其一的持守。

墨子之经，包含三部分。第一，社会人文学用语：仁、义、礼、忠、孝、信、佴、㿇、廉、平任、勇；行、实、治、令、利、害、誉、诽、君、功、赏、罪、罚等词。第二，自然科学用语：体、平、同长、中、厚、日中、直、圆、方、倍、端、有间、间、纑、盈，等等。第三，认知与逻辑学用语：知、虑、智、说、辩；必；已、成、亡；使、谓、故；名，达、类、私；谓、移、举、加；闻、亲、实、合、为；传、见、体、尽等。

《墨经》的贡献和创新之处在于在界定一个概念时，往往从它的因果、体分、体用、理用、义用、体性、过程、内外、主客观等多方面进行解释。名（概念）即有如此细致的界定，墨子经说的核心就在于"辩"。说文者，需明其义也。所谓"说者，所以明也"。

理解与分析：
不同学派对各类事物的概念不完全相同，你如何理解这一现象？

理解与分析：
对概念的论说，你是否思考过从这些方面进行界定？

83

（一）社会人文学用语

《墨经》中的社会人文用语，用"仁，体爱也"这样的表达方式，这在孔子的论说中也用到了。在《论语》中可以看到很多同义词的辨析，例如，"君子周而不比，小人比而不周。"周、比都是"聚集在一起"的意思。但是要用周、比两个字去表达两者不同的价值追求。君子聚在一起是为了道的实行。小人聚在一起是为利，利在而聚，利亡而散，但是道永远都在，君子即便分开，也时刻能感觉到凝聚的力量。孔子对词语的界定在很大程度上就仰仗对这种相似和差异的精神捕捉与准确传达。孔子最早在自己的言论中通过"辨析"这种语言实践，为天下立了一个君子标准，启发和影响了中国人的精神状态和观念品格。而墨子是以说文的形式将其固定下来，并且墨子的界定内涵更丰富、逻辑性更强。

1. 说文辩"义用"以明经义

经：孝，利亲也。

说：（孝）以亲为芬，而能能利亲，不必得。[1]

《墨经》定义孝的内涵是"以利亲则为孝"。说文则讲明"何谓利亲"，高亨诠释说文："所谓利亲者，谓以利亲为自己之职分，其才能又能利亲，故曰：'以亲为芬，而能能利亲。'至于得亲之心，则系于其亲，而不系于其子。而孝之界说，则在乎子，而不在乎亲。"孝，为义也。义是一种自我道德的约束，无关于其用与利如何。墨子认为一切仁义社会规范均发于自我，而不在于其用如何，因此，说文必以辩"义用"以明经义。

"用"具体分为：言、行、表、用四个方面。因此墨

---

[1] [清] 孙诒让撰，孙启治点校：《墨子间诂》，北京：中华书局，2001 年，第 335 页。

子解说裯、廉、信、仁、实、俼例，都是以义作为核心，来看这些词在言、行、表、用上的体现，如"仁，体爱也"。在其说文中，明言："仁，爱己者非为用己也，不若爱马。"用不若爱马进一步解说人们爱马是因为要用马，而社会要秉持的，比如仁者爱人，是不能因为要利用他人而去爱。义所代表的社会人文规范，不能从用途等角度进行衡量。其说文均是辩"义用"以明经义。

2. 说文辩"理用"以明经义

经：治，求得也。

说：(治) 吾事治矣，人有治南北，使人督之。[1]

"求得也"是墨子赋予"治"字之义理、内涵。治的意思就是"求之而得"。说文则详说其两方面之用：治事、治人。治事而事得以治，则为求得也。而在治人方面，则进一步解说：虽有治，而人心有向背，治人如要能最后"得人"，必须使人督察其心的向背，以知是否得人。这是说文辩"理用"以明经义。

3. 说文辩"内外、人我"以明经义

经：实，荣也。

说：其志气之见也，使人如己，不若金声玉服。[2]

因为区分内外，使得"实"的概念具备了非功利的因素。这是说文辩内外以明经义。

经：任，士损己而益所为也。

说：任，为身之所恶，以成人之所急。[3]

---

[1] ［清］孙诒让撰，孙啟治点校：《墨子间诂》，北京：中华书局，2001 年，第 337 页。

[2] ［清］孙诒让撰，孙啟治点校：《墨子间诂》，北京：中华书局，2001 年，第 334 页。

[3] ［清］孙诒让撰，孙啟治点校：《墨子间诂》，北京：中华书局，2001 年，第 336 页。

因为区分人我，使"任"的概念具备了自我牺牲的语素。这是说文辩人我以明经义。

我们可以总结墨子的社会人文理念思维，墨子已经发现义是受内心约束的，而所表现的仁、义、利、信等人文规范，其实都是关于义用、内外、人我之间的关系的，这种思维是靠词语界定来完成的。说文就是揭明这种界定的途径，而这些途径，正是墨子说文体例的精髓。

（二）逻辑学用语

中国先秦时期最出名的逻辑学，莫过于坚白论。"墨经：坚白，说在因。说：无坚得白，必相盈也。"坚与白皆石之所有也，不能以一性来指称其"体"，然体可兼多重特性。墨说以辩"体性"以明经义，同时反驳《公孙龙子·坚白论》。在当时，名家已经开始反思"名"在应用时的诸多特性。《墨经》中对逻辑学用语的分析是其中最科学的总结。

1. 说文辩"体性"以明经义

经：同，重、体、合、类。

说：（同）二名一实，重同也。不外于兼，体同也。俱处于室，合同也。有以同，类同也。①

《墨经》言"同"有四种情况：重同、体同、合同、类同。说文则解说何谓重同也、何谓体同也。经说的功能在于辨析性之不同以明一体之"同"。

墨子逻辑学用语的"经文"在语体形式上以逗号隔开，后用顿号，写出其不同离合，如"为，存、亡、易、荡、治、化"，"知，闻、说、亲、名、实"。这种离合包含途径、内外等，不一而足。而说文则是要揭示这些离合的具体

---

① [清] 孙诒让撰，孙启治点校：《墨子间诂》，北京：中华书局，2001年，第351页。

关系。经说文多是辨析一个概念在不同特性下的各种错综关系。又如：

经：诺，不一，利用。

说：诒、诚、负、正，四也。相从、相去、先知、是、可，五色（也）。①

《墨经》中：诺非一种，人宜善用之。墨说则要阐明如何用才可见同为诺而有其分合同异。诺有四种情况：一、诒诺；二、诚诺；三、负诺；四、正诺。

2. 说文辩"体分"以明经义

经：一，偏，弃之。不可偏去而二。

说：一与一亡，不与一在，偏去。见、不见离，一、二相盈，广修，坚白，不可偏去。②

《墨经》中的"一"就是整体的意思，"二"是分离的部分和整体共在的状态，是以两部分的形式存在。这种一、二的关系有两种：一种是"偏，弃之"；另一种是"不可偏去而二"。

说文则揭明体与分的关系。"一与一亡"整体中的次要部分是可以舍弃的，并不影响整体的功能。但有一种整体和部分的关系是不可偏弃的，就好像广、修，平面的广（宽度）和修（长度）是互相依附的，因而不可偏去。这就是一、二相盈，即第一部分和第二部分的组成关系是互相充盈、融合而成一体的。这是说文辩"体分"以明经义。

3. 说文辩"因果"以明经义

经：平，知无欲恶也。

---

① [清]孙诒让撰，孙启治点校：《墨子间诂》，北京：中华书局，2001年，第353页。
② [清]孙诒让撰，孙启治点校：《墨子间诂》，北京：中华书局，2001年，第319页。

说：平，惔然。①

《墨经》中对"平"的定义是知觉没有欲望和厌恶。说文则解释没有欲望和厌恶的结果是心里淡泊宁静。它的哲学背景是关于知与内心感受的联系。这是说文辩"因果"以明经义。进一步，墨子对"果"的思考是多重的，如：

经：物之所以然，与所以知、与所以使人知之，不必同，说在病。

说：(物)或伤之，然也。见之，智也。告之，使智也。②

经文中"物之所以然，不必同"是说"多途一果"；"与所以知，不必同"是多因一果；"与所以使人知之"是多象一果。

墨子的逻辑学用语往往是以哲学、认知学、心理学等知识为背景进行界定的，墨子实际上涉及的界分理念很多，如量与质的关系、时间对词的界定、心理不同阶段对词的界定，等等。

然而，中国的言语，正因为有这样细致的区分，义理才大为丰富，托起了墨家学说的思想精髓。墨子通过对词的细微辨析和逻辑建构来表达自己哲学理念中的丰富意蕴。从文体角度说，说体与当时伦理学、政治学、社会学的建构大有关联。这些学问均是从正名开始的，立其名，而后通过解、辩、说不断衍展出新义，以进入伦理、政治、社会学知识体系的发展中。

《墨经》通过词的约定来构建自己的哲学。在这种知识的建构方法方面，也许墨子学过孔子，但其发展定型则在于墨子。有了《墨经》之说，周朝末期的知识体系才迎来理智的建构时代。墨说之新体例的确立，不但进

① [清]孙诒让撰，孙启治点校：《墨子间诂》，北京：中华书局，2001年，第337页。
② [清]孙诒让撰，孙启治点校：《墨子间诂》，北京：中华书局，2001年，第320页。

一步推动了名辩思潮，而且其对后世散文义法的影响也是深远的。

后人诸论中，辩因果以明义或辩理用以明义的则不可胜举。如刘梁《辩和同论》："得由和兴，失由同起。"① 是辩"因果"之分。中国的论说体，要想说得入物理，尽人情，说得精彩，就不能不借助墨子的说体体例。后人如可领会墨子经说之思维体例，则论说文之义法盖在于此也。

自墨子之后，说体的体例更为完善。可以通过界定一个词的体性、体分、因果、内外来解说词义，这是之前的说文体例中没有或不成熟的地方。《墨经》中经说体例的变化主要服务于经文的哲学内涵，如只关注说文本身之体例，不从经义出发，何以知说之体例之丰富？正是在说体体例的不断变化、解说中，知识才有了延伸的可能。如需明说体体例，必先明经义，如不能骤然懂经，便可循说体而后知经义，更可证修辞与文体是思维的文本化。

修辞实训：

以"志向"的"志"为例，从多方面进行界定。

思考与论说：

谈谈你对论说文的看法。

实践与创新：

从《故训汇纂》中找到一个词，参考范本《刘师培儒学论集》选择一个词，找到这个词在古籍中沉淀下来的各种思想内涵，进行整合选择论说，并用段落的方式呈现。

拓展阅读文献

1. 原典文献

（1）高亨著：《墨经校诠》，北京：清华大学出版社，2011 年。

2. 文体研究文献

（1）尚杰：《"墨经"新解》，《清华大学学报（哲学社会科学版）》2008 年第 5 期。

（2）郑吉雄：《论先秦思想史中的语言方法——义理与训诂一体性新议》，《文史哲》2018 年第 5 期，第 38 页。

---

① ［清］严可均辑：《全上古三代秦汉三国六朝文》，民国十九年影印清光绪二十年黄冈王氏刻本，第 1258 页。

第五章　任性自然与《庄子》的寓言载道

教师讲授

（1）**思维**：《庄子》的哲学蕴含与寓言指向。

（2）**修辞、文体**：言意之辨、隐喻思维与寓言的修辞特点、文体特征。

学生实践

（1）掌握寓言的修辞特点与文体表达。

（2）当今寓言体的创新写作。

　　庄子运用"三言"来阐述自己的哲学理念，这与他自己的语言观有关。与其他诸子从名出发建构思想不同，庄子揭示了语言的局限性，在《大宗师》《知北游》《天道》中提出了言意的问题，这标志着先秦从第一阶段的正名辨义进入到了第二阶段的言意之辨，思考的问题从政治走向哲学，从认知走向意义的领悟。

认知与梳理：

先秦正名和老庄的言意之辨相关段落的整理。

　　"夫道有情有信，无为无形，可传而不可受，可得而不可见。"①（《大宗师》）

　　"道不可闻，闻而非也；道不可见，见而非也；道不可言，言而非也！知形形之不形乎！道不当名。"（《知北游》②）

　　"世之所贵道者，书也。书不过语，语有贵也。语之所贵者，意也。意有所随。意之所随者，不可以言传也，

---

① 任志宏校注：《庄子》，长沙：岳麓书社，2018 年，第 77 页。
② 任志宏校注：《庄子》，长沙：岳麓书社，2018 年，第 281 页。

而世因贵言传书。世虽贵之，我犹不足贵也，为其贵非其贵也。故视而可见者，形与色也；听而可闻者，名与声也。悲夫！世人以形色名声为足以得彼之情。夫形色名声，果不足以得彼之情，则知者不言，言者不知，而世岂识之哉！"①（《天道》）

儒墨的定名，是通过界定、区别形色名声来实现的。但是，不能自显的理论需要用隐喻来领悟，庄子的哲学和隐喻的语言方法是合二为一的。《秋水》篇："可以言论者，物之粗也；可以意致者，物之精也；言之所不能论，意之所不能察致者，不期精粗焉。"运用三言的一个原因在于表达哲理的不同寻常，另一个原因在于作者自觉运用了文学接受过程中不同语言的表达效果。

第一节　寓言的产生与流变

春秋战国时期，诸子直接陈述思想和情感是常见的表达方式。孔子论仁义，老子说道德，墨子讲兼爱，都是以直接陈说为主，孟子、管子、列子、庄子、韩非子等诸家也自觉以寓言形态作为传达思想情怀的主要方式。

一、寓　言

寓言的基本文体特点为寄与信，寄是寓言的手段、方法；信是它产生的效果。因为本身的寓意性、形象性和思想性，作为一种说理手段，寓言主要诉诸情感认同，与完全诉诸理性论说相比，更具接受性。

---

① 任志宏校注：《庄子》，长沙：岳麓书社，2018 年，第 165 页。

（一）寓言与寓言故事

"寓言"一词最早出现在《庄子·寓言》中："寓言十九，重言十七，卮言日出，和以天倪。""庄子寓言是著者假借他人之口来表达思想观点的一种言辞方式，诉诸书面，而成为一个文学体式。"[①] 庄子寓言，已经发展成为一种语言表达方法，而寓言故事，是以故事的形态存在。寓言故事一般篇幅短小，有故事情节，有寄托启示的作用。

（二）寓言故事与诸子文本中的新文体形态

寓言故事按照表现对象可以分为动物寓言、社会寓言、神话寓言，当它作为公共知识资源被运用在诸子文本中时，并不是直接引用故事本身，也不是完全沿袭原来的内涵，同时在运用时也表现为不同的文体形态。

寓言在《战国策》《孟子》等诸子的散文或历史文本中还只是偶一用之，作为一种说理的形象化手段。到韩非子《说林》《储说》，首先进行系统的梳理总结，然后对传统寓言故事进行概括，推理出法家理念，并将这种初步加工过的寓言故事作为自己法家理论体系的储备材料，从文体上称其为"说"。

庄子运用寓言故事的"寄托性""譬喻性"思维，将其发展成为一种"能指"（故事）和"所指"（寓意）的高级语言表现形态。并且，这种语言表现形态不仅仅在故事情节中呈现，而且在整个语言体系中形成一种隐喻。庄子是自觉在语言观指导下进行写作实践的。

理解与分析：
先秦寓言故事与西方寓言故事有什么区别？

[①] 饶龙隼：《先秦诸子与中国文学》，南昌：百花洲文艺出版社，2010年，第205页。

二、儒法道思想下的寓言形态和创作手法

（一）儒学捍卫与孟子的寓言讽刺

齐人有一妻一妾而处室者，其良人出，则必餍酒肉而后反。其妻问所与饮食者，则尽富贵也。其妻告其妾曰："良人出，则必餍酒肉而后反；问其与饮食者，尽富贵也，而未尝有显者来，吾将瞯良人之所之也。"

蚤起，施从良人之所之，遍国中无与立谈者。卒之东郭墦间，之祭者乞其余；不足，又顾而之他。此其为餍足之道也。

其妻归，告其妾，曰："良人者，所仰望而终身也，今若此。"与其妾讪其良人，而相泣于中庭，而良人未之知也，施施从外来，骄其妻妾。

由君子观之，则人之所以求富贵利达者，其妻妾不羞也，而不相泣者，几希矣。①

孟子捍卫儒学传统，除正面推衍建设儒家理念之外，还以批判的姿态对不符合"仁义"的行为进行讽刺。孟子使用的十几则寓言故事多取材于生活琐事，主要运用反讽戏谑、对比反衬的表达方式。

孟子重家庭伦理、社会关系的建设，寓言便多道家长里短，轻松诙谐。他的寓言故事或得之于民间，或自己创作，都有浓厚的生活气息。孟子的讽刺体现在人物形象塑造上，多用对比、夸张、映射，在极生动的言行描写下透露隐藏的心态；体现在细节叙述上，故事情节一般完整、曲折、具有戏剧性。孟子对寓言故事的运用是形象化说理的一种文体呈现。

---

① 万丽华、蓝旭译注:《孟子·离娄下》卷八，北京：中华书局，2016年，第192页。

（二）哲理寄寓与庄子的寓言载道

庄子的寓言故事有 200 多则。庄子使用的已经不是寓言故事本身，而是寓言思维。庄子的寓言载道中，一类没有故事情节，并且和哲理阐述融合在一起，是一种比喻寄托思维。例如：

北海若曰：井蛙不可以语于海者，拘于虚也；夏虫不可以语于冰者，笃于时也；曲士不可以语于道者，束于教也。[①]（《秋水》）

另一类有完整的故事情节，它和其他故事共同组成一种隐喻，并不单独完成寓意本身，整篇文章由多个表面看似不相关的寓言群组成，而背后的哲理表述却是有组织的。

庄子寓言在形象塑造上，除了历史人物外，多用拟人、虚构的手法将天地万物形象化，但是生活化气息的寓言并不多；在取材上，多由神话故事、历史传说、圣人事迹改编。这种取材倾向源于道家理念作为一种思想而非伦理的特点。庄子的哲理寄寓，体现在对寓言思维的使用上，并且将其发展成为一种象征艺术。

（三）实用论说与韩非的寓言揭露

韩非子立言，务在实用，用寓言故事作为自己著书立说的论证材料，《难一》引用九个故事，《难二》引用七个故事。《说林》上下篇、《储说》六篇都是规模庞大的故事汇集。韩非子在论证一个主题时，多使用寓言群，比如在论述"七术"时，共用了四十九个寓言故事来说明驾驭群臣的七种手段；在取材上，多取社会各阶层在物质利益、认识观、理性思维方面的故事，与孟子的带

[①] 任志宏校注：《庄子》，长沙：岳麓书社，2018 年，第 199 页。

有伦理色彩的民间故事不同。如《刻舟求剑》《南辕北辙》《卫人嫁女》《中饱私囊》等，这些故事具有强烈的时代气息和峭刻犀利的实用理性意识。

赵襄王学御于王子期，俄而与子期逐，三易马而三后。襄王曰："子之教我御术未尽也。"对曰："术已尽，用之则过也。凡御之所贵，马体安于车，人心调于马，而后可以进速致远。今君后则欲逮臣，先则恐逮于臣。夫诱道争远，非先则后也。而先后心皆在于臣，尚何以调于马？此君之所以后也。"①

这则寓言故事讲战国赵襄王向王子期学习驾马车技术，没多久就要跟王子期比赛，比赛中在后面时，一心只想追上；在前面时，又怕被追上。之后，就这个事情进行了论说："先后心皆在于臣……此君之所以后也。"寓言与理论陈说紧密结合。

韩非子寓言最突出的特色是全面并系统地表达了法家的历史观、社会观、文艺观，更有价值的是将理性的认识论、方法论融入寓言中，显现了理性思维和寓言故事紧密结合的文体特点。

第二节　任性自然的哲学内涵与寓言指向

庄子的任性自然有两个层面，一是"逍遥齐物以全天地精神"，一是"养生人间以备万世道德"。"齐物"是指人要有与自然建立链接的能力。"养生"是指要重视人本性的真诚。这两种思想形成了庄子特有的修辞表达。

文体实训：

创作一个以现实生活为原型的寓言故事。

---

① [清]王先慎撰：《韩非子集解》卷七，北京：中华书局，1998年，第156页。

一、逍遥齐物与体物手法

（一）逍遥齐物的宇宙观

庄子将死，弟子欲厚葬之。庄子曰："吾以天地为棺椁，以日月为连璧，星辰为珠玑，万物为赍送。吾葬具岂不备邪？何以加此？"弟子曰："吾恐乌鸢之食夫子也。"庄子曰："在上为乌鸢食，在下为蝼蚁食，夺彼与此，何其偏也！"[①]（《列御寇》）

人融入万物之中，从而与宇宙相终始。庄子是把人作为天地的一部分来理解个人的存在。

舜问乎丞："道可得而有乎？"曰："汝身非汝有也，汝何得有夫道？"舜曰："吾身非吾有也，孰有之哉？"曰："是天地之委形也；生非汝有，是天地之委和也；性命非汝有，是天地之委顺也；子孙非汝有，是天地之委蜕也。故行不知所往，处不知所持，食不知所味。天地之强阳气也，又胡可得而有耶！"[②]（《知北游》）

完美掌握物性就是成全人性。人的身、形、性命，乃至得道，都是天地自然赐予的，人在自然面前是要被成全的。庄子是这样定位人和自然的关系的：他把自然放到一个更高的位置，人在自然面前需要做的是调整自己以符合自然的要求，人是没有任何功劳的，包括人的形、神，所有人的一切完全是天地之功。人的身、形、性命，乃至得道，都是天地自然赐予的，人在自然面前是要被成全的。所以行动时不知道去处，居留时不知道把持，吃饭时不知道口味。这些都只是天地间气的运动。

夫大块载我以形，劳我以生，佚我以老，息我以死。

---

① 任志宏校注：《庄子》，长沙：岳麓书社，2018 年，第 414 页。
② 任志宏校注：《庄子》，长沙：岳麓书社，2018 年，第 274 页。

故善吾生者，乃所以善吾死也。^①（《大宗师》）

《庄子》哲学首次系统倡导：天地与我并生，万物与我为一。追求个人独与天地精神相往来。庄子使我们的视野不仅仅局限于社会政治伦理之一隅，而是从自然宇宙广阔的视角思辨万类万物的生成、发展和存在，并着眼于时空的无限性来看待万物存在的相对性，揭示出天地万物并存的关系，为我们固执的心打开了一扇窗。

理解与分析：
这和儒家的"慎终善始"在内涵上有何区别？

（二）逍遥齐物与"移情手法"

《刻意》^②：

水之性，不杂则清，莫动则平；郁闭而不流，亦不能清；天德之象也。

故曰，纯粹而不杂，静一而不变，淡而无为，动而天行，此养神之道也。

庄子的理论出发点在于天地之道、物性的体会，与儒家的"推仁"式的语言表达和老子的箴语不同，在文学理论中表现为体物之情。

昔者庄周梦为蝴蝶，栩栩然蝴蝶也，自喻适志与，不知周也。俄然觉，则蘧蘧然周也。不知周之梦为蝴蝶与？蝴蝶之梦为周与？周与蝴蝶，则必有分矣。此之谓物化。（《齐物论》）

这段话的意思是：从前庄周梦见自己变成蝴蝶，翩翩飞舞的一只蝴蝶，遨游各处，悠游自在，根本不知道自己原来是庄周；忽然醒过来，发现自己分明是庄周。不知道是庄周做梦化为蝴蝶，还是蝴蝶做梦化为庄周呢？庄周和蝴蝶必定是有所分别的。这种转变的体会就叫作"物化"。

---

① 任志宏校注：《庄子》，长沙：岳麓书社，2018 年，第 73 页。
② 任志宏校注：《庄子》，长沙：岳麓书社，2018 年，第 188 页。

从哲学思维上说，庄子认为，把物我封闭，没有打通的人是天门弗开。从创作心理素质要求来说，文学家要"登山则情满于山，观海则意溢于海"，就是要把感情移注到物里面去，分享物的生命，分享人类的感情，不仅可以和鸟雀齐飞，与麋鹿共舞，也可以和一棵长芽发青的树木分享它新生的快乐。庄子虽无意于文学，但体现出来的是最高的文学与艺术的精神，而这正是后世文学、艺术得以成立的根源之一。

二、养生人间与庄子寓言指向

（一）养生人间与《庄子》的人生观

得志，非轩冕之谓也，无以益其乐耳。[①]（《缮性》）

这句话可以看作庄子的追求从政治走向人生哲学的宣言。

真者，精诚之至也。不精不诚，不能动人。……真悲无声而哀，真怒未发而威，真亲未笑而和。真在内者，神动于外，是所以贵真也。……礼者，世俗之所为也；真者，所以受于天也，自然不可易也。（《渔父》）

庄子倡导"人生自适"，从老子的"致虚极，守静笃"起，发展到无己、忘我、心斋、坐忘，以去除外累，达到人生的自适。

（二）养生人间与庄子的寓言指向

孔子观于吕梁，县（悬）水三十仞，流沫四十里，鼋鼍鱼鳖之所不能游也。见一丈夫游之，以为有苦而欲死也，使弟子并流而拯之。数百步而出，被发行歌而游于塘下。孔子从而问焉，曰："吾以子为鬼，察子，则人也。

---

① 任志宏校注：《庄子》，长沙：岳麓书社，2018年，第196页。

请问：蹈水有道乎?"曰："亡，吾无道。吾始乎故，长乎性，成乎命。与齐俱入，与汩偕出，从水之道而不为私焉。此吾所以蹈之也。"孔子曰："何谓始乎故，长乎性，成乎命?"曰："吾生于陵而安于陵，故也；长于水而安于水，性也；不知吾所以然而然，命也。"[1]（《达生》）

吕梁丈人之所以能在急流中畅游无碍，是因为他和水已融为一体，"长于水而安于水，**性也；不知吾所以然而然，命也。**"

梓庆削木为鐻，鐻成，见者惊犹鬼神。鲁侯见而问焉，曰："子何术以为焉?"对曰："臣工人，何术之有?虽然，有一焉。臣将为鐻，未尝敢以耗气也，必齐以静心。齐三日，而不敢怀庆赏爵禄；齐五日，不敢怀非誉巧拙；齐七日，辄然忘吾有四肢体形骸也。当是时也，无公朝，其巧专而外骨消；然后入山林，观天性。形躯至矣，然后成见鐻，然后加手焉，不然则已。则以天合天。器之所以疑神者，其是与!"[2]（《达生》）

以天合天：内心无扰，随顺物性，则技艺精湛，无往而不自适，感悟到人生逍遥游的道理。

仲尼适楚，出于林中，见痀偻者承蜩，犹掇之也。仲尼曰："子巧乎! 有道邪?"曰："我有道也。五六月累丸二而不坠，则失者锱铢；累三而不坠，则失者十一；累五而不坠，犹掇之也。吾处身也，若橛株拘；吾执臂也，若槁木之枝；虽天地之大，万物之多，而唯蜩翼之知。吾不反不侧，不以万物易蜩之翼，何为而不得!"孔子顾谓弟子曰："用志不分，乃凝于神，其痀偻丈人之谓乎!"[3]（《达生》）

---

[1]　任志宏校注:《庄子》，长沙:岳麓书社，2018 年，第 235 页。
[2]　任志宏校注:《庄子》，长沙:岳麓书社，2018 年，第 236 页。
[3]　任志宏校注:《庄子》，长沙:岳麓书社，2018 年，第 229 页。

吕梁丈人随顺物性，梓庆削鐻内心无扰，粘蝉老人用志不分，在此基础上发展为"宇泰定者发乎天光。发乎天光者人见其人，物见其物"，就是庄子笔下的"真人"，这与儒家笔下的"君子"完全不同。庄子提出了他的完美人格的极境是"虚己"。庄子笔下的真人就是将自己的全部身心投放到对物性的关注上，从无己而最终成就大己，这是真正的立身。庄子用吕梁丈人、梓庆削鐻、粘蝉老人等的故事来阐述"外其身而成其身""虚则无为而无不为"的内涵。

彻志之勃，解心之谬，去德之累，达道之塞。贵富显严名利六者，勃志也……此四六者不荡胸中则正。正则静。静则明。明则虚。虚则无为而无不为也。[①]（《庚桑楚》）

理解与分析：
对比《大学》："大学之道，在明明德，在亲民，在止于至善。知止而后有定；定而后能静；静而后能安；安而后能虑；虑而后能得。物有本末，事有终始。知所先后，则近道矣。"

儒家从至善出发，本着至善，定心、安虑而后求某个具体事情的处理。庄子从心出发，去除负累后，达到高度的理论掌握，在此基础上指导各种具体事情的处理。庄子首次集中阐发性、命、心、志，提出虚、静、明、心斋、坐忘、虚己等，所有的寓言都是指向此进行构建的。

思考与论说

（1）如何理解庄子的"万物与我为一"？

文体模仿写作

（1）从"齐物论"的哲学思维出发，以"我是××"为题写一句话，或一个寓言，或一首歌词。

---

① 任志宏校注：《庄子》，长沙：岳麓书社，2018年，第301页。

第三节　寓言以广道：隐喻思维

庄子"三言"是庄子传达自己独特的宇宙观、人生观最具表现力的言说方式。"不可与庄语"，不采用严肃的说理方式而收到最动人心的效果，成为战国时期最具文学性的表达方法。

一、《庄子》三言

庄子"以卮言为曼衍，以重言为真，以寓言为广"。成玄英言"卮是装酒的容器"，"夫卮满则倾，卮空则仰，空满任物，倾仰随人，无心之言，即卮言也。"因此，所谓卮言是对大道的注解之言，大道无处不在，而注解的方式自然可以信手拈来，随物而言。所谓"重言"，就是借往圣先贤、先辈宿学之口替自己说话。

所谓"寓言"，寓就是寄，意在此而言寄于彼，借由虚拟的人、事、物来暗示自己的意思，也就是"藉外论之"。"寓言十九，藉外论之。亲父不为其子媒。亲父誉之，不若非其父者，非吾罪也，人之罪也。与己同则应，不与己同则反；同于己为是之，异于己为非之。"庄子的语言观首先在于人的接受，语言本身是可以不限形式的，可以"得鱼忘筌"，或者如刘熙载言"寓真于诞，寓实于玄"，实际上是一种隐喻思维。

先秦诸子都意识到游说很难，思想的普及需要语言的支持。庄子采用世人最钟情的文学形式：情节曲折、注重描写，想象奇特，以生动、离奇的故事去吸引人、打动人、征服人，进入世人最容易接受的语言层面。

中西对比：

阅读 Lakoff 和 Johnson 合著的《我们赖以生存的隐喻》谈谈你对隐喻的看法。

二、道家理念下的寓言以广道

（一）宏观考察的视野

突破生活时空的局限，突破常有的视野。

吾（北海）在于天地之间，犹小石小木之在大山也。方存乎见少，又奚以自多！计四海之在天地之间，不似礨空之在大泽乎？计中国之在海内，不似稊米之在太仓乎？号物之数谓之万，人处一焉；人卒九州谷食之所生，舟车之所通，人处一焉。此其比万物也，不似毫末之在于马体乎？（《秋水》）

天地有大美而不言，四时有明法而不议，万物有成理而不说。圣人者，原天地之美而达万物之理。是故至人无为，大圣不作，观于天地之谓也。（《知北游》）

庄子运用"秋水"形象来隐喻人类在认知上因受对时间、空间、环境的认识的影响，常常陷入一种"小有所知即骄傲自满"的状态无法自拔。《秋水》提出了人在认知上的相对性和局限性。因此，从认识论出发来认识世界不如从本体论出发来认识世界，在"道"的世界里，大小、古今、有限无限就不是绝对客观对立的，人类关于是非、荣辱、贵贱的价值判断，只是出于人类以自我为中心的成见，并没有绝对的标准。

（二）多维逆反型的思维方式

克服成见与成心，敢于怀疑、否定、从反面看问题，追求至高无上的境界。

丽之姬，艾封人之子也。晋国之始得之也，涕泣沾襟。及其至于王所，与王同筐床，食刍豢，而后悔其泣也。予恶乎知夫死者不悔其始之蕲生乎？梦饮酒者，旦而哭泣；梦哭泣者，旦而田猎。方其梦也，不知其梦也。梦之中又占其梦焉，觉而后知其梦也。且有大觉而后知此其大梦也，而愚者自以为觉，窃窃然知之。

列御寇为伯昏无人射，引之盈贯，措杯水其肘上，发之，适矢复沓，方矢复寓。当是时，犹象人也。伯昏无人曰："是射之射，非不射之射也。尝与汝登高山，履危石，临百仞之渊，若能射乎？"于是无人遂登高山，履危石，临百仞之渊，背逡巡，足二分垂在外，揖御寇而进之。御寇伏地，汗流至踵。伯昏无人曰："夫至人者，上窥青天，下潜黄泉，挥斥八极，神气不变。今汝怵然有恂目之志，尔于中也殆矣夫！"（《田子方》）

无用之用、不言之辩、至乐无乐、不射之射，都指向一种至高理念的隐喻表达。

（三）寓言以广道

寓言发展到《庄子》，由说理的辅助手段变为全部思想的载体。其他战国寓言主要是运用其比喻的特征，或粗陈梗概的故事，结尾点明寓意。《庄子》则用寓言构成文章的主体，扩大了寓言故事的功能，从"寓言故事"走向"寓言"以广道。"从相差很远的事物中看出它们的相似之点"[①]，遵循合用原则，几篇寓言形成联系并达成背后的隐喻目标。

三、《庄子》寓言的创作手法

《庄子》的想象异于《诗》《骚》，而源自其独特的思想。例如：

寂漠无形，变化无常，死与？生与？天地并与？神明往与？芒乎何之？忽乎何适？万物毕罗，莫足以归。古

---

① [古希腊] 亚里斯多德著，罗念生译：《修辞学》，生活·读书·新知三联书店，1991年，第183页。

之道术有在于是者，庄周闻其风而悦之。

庄子的想象与其思维方式有一定的学术传承，但庄子的想象不独受楚文化影响，也受老子影响，与齐地的神话表达体系也有很大的关系。

（一）从古代神话中汲取养料

1. 借鉴古代神话中的形象与情节，融入深刻的理性内容，寄寓作者的思想观点

（1）神话中的浑沌：

……有神焉，其状如黄囊，赤如丹火，六足四翼，浑沌无面目，是识歌舞，实为帝江。（《山海经·西山经》）

庄子将神话中的浑沌放在一个戏剧性的故事情节中，用社会化的人际关系——报答的失败，来隐喻人们追求视听食息的偏见。"儵""忽""浑沌"它们三个是朋友，分别为南、北、中央三方之帝。在这个故事中，"浑沌"并不是主要描写对象，它主要刻画的是"儵"和"忽"按照"人皆有七窍"的惯常认识，原本为报答"浑沌"的善待之恩，结果却让"浑沌"丢了性命。庄子认为，人有七窍就有了区分的能力——进行物我区分、物物区分。有了区分，无论"物"还是"我"便都成了一种有限，失去了整体、永恒的特性。"不区分"是人类赖以生存的天性，浑沌代表最初未分的状态。

（2）神话中的夔：

夔怜蚿，蚿怜蛇，蛇怜风，风怜目，目怜心。

夔是一种只有一只脚的飞鸟，行走困难，而蚿是一种多脚的爬行动物。一天夔羡慕多脚的蚿；蚿却羡慕无脚的蛇，因为无脚却能爬行得更快；蛇羡慕风，因为风无影随行，速度更快；风羡慕人的目光，人的目光能达到的速

度远远快于风；而目光却羡慕心，只要心稍微动一下，就可行千里。这个寓言表达了"以不足羡有余"的理性内容。

（3）神话中的玄珠：

震蒙氏之女窃黄帝玄珠，沉江而死，化为江神。（《蜀梼杌》卷八）

庄子常将神话中的形象变成哲理的寄托，在《天地》篇中用玄珠来比喻道心，描写黄帝到赤水北岸去游玩，由于驰骋田猎心发狂，遗失玄珠，便先后派了三个人去寻找，有才智超群的知、善于明察的离朱、善于听声的喫诟，但他们都没找到玄珠，而无智、无视、无闻的象罔却找到了。在这个故事中，庄子通过玄珠的失而复得来写人生的修为，隐喻平息内心的狂躁，找回的途径不是依靠知识和感官。知识和感官可以用来分辨具体有形的世界，但是无法通向无形的内在的精神健全。

2. 借鉴神话的思维方式与表现手法

神话中的万物有灵观通过变形故事及拟人手法进行传达。例如：鲲化为鹏、庄生化蝶、柳生于肘，鸥与鹓雏、栎社树、井蛙与海鳖、涸辙之鲋、空髑髅；万物有灵，赋予形象，如知、云将、鸿蒙、天根、无名人、光耀、无有、泰清、无名等。

南人想象力之伟大丰富，胜于北人远甚。彼等巧于比类，而善于滑稽：故言大则有北溟之鱼，语小则有若蜗角之国；语久则大椿冥灵，语短则蟪蛄朝菌；至放襄城之野，七圣皆迷；汾水之阳，四子独往。此种想象，决不能于北方文学中发见之。……夫儿童想象力之活泼，此人人公认之事实也。国民文化发达之初期亦然。古代印度及希腊之壮丽之神话，皆此等想象之产物。以中国论，则南方之文化发达较后于北方，则南人之富于想象，亦自

文体实训：
请借鉴神话思维创作一则寓言故事。

105

然之势也。

——王国维《屈子文学之精神》,《王国维：一个人的书房》

荆楚之地，僻处南方。故老子之书，其说杳冥而深远。及庄、列之徒承之，其旨远，其义隐，其为文也，纵而后返，寓实于虚，肆以荒唐谲怪之词，渊乎其有思，茫乎其不可测矣。

——刘师培《南北文学不同论》

（二）故事与哲理的结合

庄子的寓言用故事来寄寓哲理，其故事包含三个基本因素：曲折的情节、生动的人物、细致的描写。这三个因素使《庄子》具有鲜明的文体色彩：既像小说，又有赋的特点。庄子寓言中情节和哲理的关系有几种情况：

（1）在情节中寄寓哲理，其中的人物是符号，有象征意义，情节、人物与寓意一一对应，寓意或明白单一，或浑沌恍惚，含蓄丰富。

惠子相梁，庄子往见之。或谓惠子曰："庄子来，欲代子相。"于是惠子恐，搜于国中三日三夜。庄子往见之，曰："南方有鸟，其名为鹓鶵，子知之乎？夫鹓鶵发于南海而飞于北海，非梧桐不止，非练实不食，非醴泉不饮。于是鸱得腐鼠，鹓鶵过之，仰而视之曰：'吓！'今子欲以子之梁国而吓我邪？"（《秋水》）

（2）用虚构的故事让某一类人物作充分表演，引起读者的兴趣，然后由主人公现身说法，替作者说出要说的话。此类故事情节极为生动、引人入胜。

孔子观于吕梁，县水三十仞，流沫四十里，鼋鼍鱼鳖之所不能游也。见一丈夫游之，以为有苦而欲死也。使弟子并流而拯之。数百步而出，被发行歌而游于塘下。孔子从而问焉，曰："吾以子为鬼，察子则人也。请问：蹈水有道乎?"

（3）由虚构的主人公对话，使主人公成为作者的代言人。此类对话属于"重言"，不重情节。

颜回曰："回益矣。"仲尼曰："何谓也?"曰："回忘仁义矣。"曰："可矣，犹未也。"他日复见，曰："回益矣。"曰："何谓也?"曰："回忘礼乐矣!"曰："可矣，犹未也。"他日复见，曰："回益矣!"曰："何谓也?"曰："回坐忘矣。"仲尼蹴然曰："何谓坐忘?"颜回曰："堕肢体，黜聪明，离形去知，同于大通，此谓坐忘。"仲尼曰："同则无好也，化则无常也。而果其贤乎! 丘也请从而后也。"（《大宗师》）

《庄子》通过大量虚构人物来讲故事，或利用历史人物原型创造"重言"；抓住历史人物的本质特征和性格特点，改变其学派属性，使之成为道家思想的传声筒。孔子循循善诱，学而不倦，诲人不厌，执着求道，义无反顾；同时又处处碰壁，内心充满矛盾。

（4）双方辩论，由一方压倒对方，除了双方直接讲的道理外，其论辩本身也寄寓一定的哲理，给人以启迪。如庄惠论辩中惠施往往代表思维僵化、拘执的一方，庄子则代表了灵活的思维方式和艺术化的生活态度。此种论辩打破了直抒己见的呆板形式，使说理富于趣味性，化实为虚，从而易引起读者的阅读兴趣，产生文学阅读的效果。

中国哲学一直有以人为本的哲理倾向，常常借助人物形象确立圣人品格来传达哲理命题。在这个过程中，人物形象的塑造手法逐渐丰富，但最终仍受制于哲理语境。《庄子》人物形象塑造的手法之所以新奇独特，在于其总是随着哲理命题的展开而变化。

四、《庄子》的故事重视描写，人物形象极其生动

和其他诸子注重辨析、论说、逻辑分析不同，庄子的描写极为传神，总是能让读者在会心而笑、惭然反思、沉迷欣赏中了解语言背后的思想。

（一）对人物形象的生动描绘

曾子居卫，缊袍无表，颜色肿哙，手足胼胝。三日不举火，十年不制衣，正冠而缨绝，捉襟而肘见，纳屦而踵决。曳纵而歌《商颂》，声满天地，若出金石。天子不得臣，诸侯不得友。（《庄子·让王》）

在具体的颜色、举止、衣物等描写上，寄寓其人的志意、胸怀、性格，使读者对于儒家对人格独立的追求既怜其迂腐，又充满敬意。

（二）对人物行为的描写

儒以《诗》《礼》发冢，大儒胪传曰："东方作矣，事之何若？"小儒曰："未解裙襦，口中有珠。"《诗》固有之曰：'青青之麦，生于陵陂。生不布施，死何含珠为？'""接其鬓，压其顪，儒以金椎控其颐，徐别其颊，无伤口中珠。"（《外物》）

（三）对想象事物的描写

任公子为大钩巨缁，五十犗以为饵，蹲乎会稽，投竿东海，旦旦而钓，期年不得鱼。已而大鱼食之，牵巨钩錎没而下，骛扬而奋鬐，白波若山，海水震荡，声侔鬼神，惮赫千里。任公子得若鱼，离而腊之，自制河以东，苍梧以北，莫不厌若鱼者。已而后世轻才讽说之徒，皆惊而相告也。夫揭竿累，趣灌渎，守鲵鲋，其于得大鱼难矣！

饰小说以干县令，其于大达亦远矣！是以未尝闻任氏之风俗，其不可与经于世亦远矣！（《外物》）

（四）对抽象事物的描写

北门成问于黄帝曰："帝张咸池之乐于洞庭之野，吾始闻之惧，复闻之怠，卒闻之而惑，荡荡默默，乃不自得。"帝曰："汝殆其然哉！吾奏之以人，徵之以天，行之以礼义，建之以大清。夫至乐者，先应之以人事，顺之以天理，行之以五德，应之以自然。然后调理四时，太和万物。

"四时迭起，万物循生。一盛一衰，文武伦经。一清一浊，阴阳调和，流光其声。蛰虫始作，吾惊之以雷霆。其卒无尾，其始无首。一死一生，一偾一起，所常无穷，而一不可待。汝故惧也。吾又奏之以阴阳之和，烛之以日月之明。其声能短能长，能柔能刚，变化齐一，不主故常。在谷满谷，在坑满坑。涂却守神，以物为量。

"其声挥绰，其名高明。是故鬼神守其幽，日月星辰行其纪。吾止之于有穷，流之于无止。子欲虑之而不能知也，望之而不能见也，逐之而不能及也。傥然立于四虚之道，倚于槁梧而吟：'目知穷乎所欲见，力屈乎所欲逐，吾既不及，已夫！'形充空虚，乃至委蛇。汝委蛇，故怠。吾又奏之以无怠之声，调之以自然之命。故若混逐丛生，林乐而无形，布挥而不曳，幽昏而无声。动于无方，居于窈冥，或谓之死，或谓之生；或谓之实，或谓之荣。

"行流散徙，不主常声。世疑之，稽于圣人。圣也者，达于情而遂于命也。天机不张而五官皆备。此之谓天乐，无言而心说。故有焱氏为之颂曰：'听之不闻其声，视之不见其形，充满天地，苞裹六极。'汝欲听之而无接焉，而故惑也。乐也者，始于惧，惧故祟；吾又次之以怠，怠故遁；卒之于惑，惑故愚；愚故道，道可载而与之俱也。”
(《庄子·外篇·天运》)

　　《庄子》所具有的小说和赋体文学的因素：以虚构的方式讲故事，追求审美的效果，具有小说的因素。中国小说的两个源头：神话、寓言；史传文学。《庄子》寓言在小说史上占有重要地位。庄子是赋体文学的源头之一，其赋体文学因素有：虚构主客问答；铺陈描写、整齐而有韵的语言。

思考与论说

（1）庄子采用文学的形式传达哲学，你怎么看待这种现象？

（2）庄子采用了哪些文学表达要素？

文体模仿写作

（1）阅读袁柯的《中国神话故事》《中国传说故事》，对传统神话、故事进行改编，使其蕴含一定的哲理，哲理可以是中西任意学派理论。

创新与实践

（1）选择任意哲学理念，用人物形象、故事创造的方式进行改编，作为儿童读物。

拓展阅读文献

1. 原典及相关文献

（1）陈鼓应注译：《庄子今注今译》，北京：中华书局，1983 年。

（2）徐复观著：《中国艺术精神》，上海：华东师范大学出版社，2001 年。

2. 文体研究文献

（1）王晓俊：《中国本土文化背景下的隐喻认知观研究》，
　　上海外国语大学博士论文，2013 年。

（2）李翠叶：《从哲学走向文学的庄子》，北京师范大学硕
　　士论文，2006 年。

3. 修辞研究文献

（1）刘生良著：《鹏翔无疆——〈庄子〉文学研究》，北京：
　　人民出版社，2004 年。

（2）孙克强、耿纪平主编：《庄子文学研究》，北京：中国
　　文联出版社，2006 年。

4. 当今应用文献

（1）斑马语文儿童教育部分篇目，它将哲理用简单形象
　　的故事呈现出来。

第六章　实用主义与《韩非子》的论说形态

教师讲授

（1）**思维**：法家思想以及法家理性认识论、方法论。

（2）**修辞、文体**：法家理念下的材料选择、语言修辞、文体特征。

学生实践

（1）接触了解法家理念下的理性认识论、方法论。

（2）掌握法家思想影响下的论说形态。

第一节　韩非法家思想

　　韩非认为所谓的大道不在于超越世界本身的道德和构建的理想世界，而在于真实世界的存在法则。法家理念认为人性最明显的表现是趋利畏刑。从这个角度出发，早期的申不害、商鞅、慎到都提出了相关的理念。历史发展的动力是物质欲望。韩非将申不害的“术”、商鞅的“法”、慎到的“势”融会贯通，是法家思想的集大成者。术、法、势是法家思想的三大精髓所在。

一、尧舜之道：历史的作用

　　先秦以儒墨为代表的主流思想，是将历史和先圣作为人类文化规范性的来源，而韩非是将历史和先圣作为一种研究对象：

>"尧之王天下也，茅茨不翦，采椽不斫；粝粢之食，藜藿之羹；冬日麑裘，夏日葛衣；虽监门之服养，不亏于此矣。禹之王天下也，身执耒臿以为民先，股无胈，胫不生毛；虽臣虏之劳，不苦于此矣。以是言之，夫古之让天下者，是去监门之养而离臣虏之劳也，故传天下而不足多也。今之县令，一日身死，子孙累世絜驾，故人重之。是以人之于让也，轻辞古之天子，难去今之县令者，薄厚之实异也。"①

儒家、道家、法家都对历史进行过不同层面的解说、不同程度的重构。只不过儒墨是在价值意义上进行的，而韩非是在事实的意义上进行的。

文体实训：
就任意历史故事进行历史新编，融入自己对儒、墨、法家思想的看法，写一段文字。

在先秦诸子中，韩非学识丰富，收录的历史传说数量最多，或正用或反用，或简约概括或铺张详论，将其梳理为法家体系的备用材料。历史事件在韩非这里得到重新排列，这使原本只具备单纯道德内涵的圣王之迹，得到创新组合，并在经过对比、推理之后，完全呈现了新的法则。

>古者文王处丰、镐之间，地方百里，行仁义而怀西戎，遂王天下。徐偃王处汉东，地方五百里，行仁义，割地而朝者三十有六国；荆文王恐其害己也，举兵伐徐，遂灭之。故文王行仁义而王天下，偃王行仁义而丧其国，是仁义用于古而不用于今也。故曰：世异则事异。②

在韩非看来，世界需要面对新的问题，建构新的秩序形式，"圣人不期修古，论世之事，因为之备"，并提出了"上古竞于道德，中古竞于智谋，当今竞于气力"的不同阶段的文明特征。

---

① [清] 王先慎撰：《韩非子集解》卷十九，北京：中华书局，1998 年，第 443 页。
② [清] 王先慎撰：《韩非子集解》卷十九，北京：中华书局，1998 年，第 446 页。

百人事智而一人用力，事智者众则法败，用力者寡则国贫，此世之所以乱也。故明主之国，无书简之文，以法为教。无先王之语，以吏为师。[①]

韩非本为韩国公子，目睹韩国积贫积弱，不务法制，养非所用，便著书立说，多次上书韩王，但始终不得采纳。法家思想和当时秦国文化极为接近。秦人崛起的历史是一部壮气淋漓的奋斗史。秦文化从其精神风貌来说，首先体现为一种开放、外向、进取型特色，而非内向、闭锁与守成。从思维模式与价值取向上看，秦文化又展现出它注重实际、崇尚"力量"、"以能为先"的理性务实精神。这和法家思想所希冀达到的理想社会非常相似。

二、刑名法术：法家思想

《史记·老子韩非列传》言韩非"喜刑名法术之学"，"刑"与"形"通用，"刑名"即"形名"。《尹文子·大道上》说："名者，名形者也；形者，应名者也……故形名者，不可不正也。"《庄子·天道篇》说："形名者古人有之，而非所以先也。"可见，形名概念更在于庄周生活的时代，儒、墨、法各家都重视正名，但在不同学派思想下，正名的内涵和推理论说有所不同。

韩非认为脱离法的规范的论说不仅是无用的，而且是有害的。"令者，言最贵者也；法者，事最适者也。言无二贵，法不两适，故言行而不轨于法令者必禁。"针对名家的辩说，"坚白无厚之词章，而宪令之法息"，在韩非看来，法是一切言行的准则，"明主之国，无书简之文，以法为教"。

韩非重法，因而也重名。他说"用一之道，以名为首"

认知与梳理：
法家思想视野下概念和论说的特色。

①　[清]王先慎撰：《韩非子集解》卷十九，北京：中华书局，1998年，第452页。

就是说要实现法家之道，首要的问题在于明确法律概念，
确定法律准则。因为"名正物定，名倚物徙"。这里的名
即法，名正即法正，而依法断事则物自定，事自定。相反，
名不正则法不正，用法不准，则事物就会有所变异，枉
法私曲，赏罚就必然走样。可见正名、法的重要性。但
是，名归根到底又取决于形，形又是名的本源。因此，"上
以名举之，不知其名，复修其形。形名同参，用其所生。"
君主一方面施行法令，以名举事，另一方面对臣民的复
杂行为、事功不可能事先都能确定赏罚的名法，因此"不
知其名"只能"复修其形"，形为事之功，针对事功，循
求、修治与之相符合的名法，使"形名参闻"，即名法与
事功相合，则可据之施行赏罚，即所谓"用其所生"。因
此，名虽因法而生，而赏罚义生于形名。在韩非的思想中，
形名的逻辑关系和法的实施紧密结合在一起。

（一）法

　　法者，编著之图籍，设之于官府，而布之于百姓
者也。[1]

　　以法治国是伴随变法中耕战政策的奖惩手段形成的，
韩非倡导将其制度化。

　　秦国崛起就伴随着这一文化进程，韩非的思想也受
到了商鞅的影响。

　　《有度》："法不阿贵，绳不挠曲。法之所加，智者弗
能辞，勇者弗敢争。刑过不避大臣，赏善不遗匹夫。故
矫上之失，诘下之邪，治乱决缪，绌羡齐非，一民之轨，
莫如法。"

　　法是治国和管理的标准。君主不能"任心治""妄意

---

① ［清］王先慎撰：《韩非子集解》卷一，北京：中华书局，
1998年，第22页。

度",群臣百姓不"游意于法之外"。法能纠正上级的过失,追究下级的偏斜,治理混乱,解决纠纷,贬退贪慕,统一民众行为,没有什么能比得上用法。在韩非看来,用宽松而舒缓的礼乐象征来垂戒,靠未必善良的人性自觉来拯救,都是缘木求鱼的迂阔思路。

《外储说右下》:"秦大饥,应侯请曰:'五苑之草著:蔬菜、橡果、枣栗,足以活民,请发之。'昭襄王曰:'吾秦法,使民有功受赏,有罪而受诛。今发五苑之蔬草者,使民有功与无功俱赏也。夫使民有功与无功俱赏者,此乱之道也。夫发五苑而乱,不如弃枣蔬而治。'"[1]

法家早期主张一切以法为治,难免刻薄寡恩。

(二)术

术者,因任而授官。循名而责实,操生杀之柄,课群臣之能者也。此人主之所执也。

术者,藏之于胸中,以偶众端,而潜御群臣也。[2]

所谓术,即君王统治的手段和策略,内容包括任免、考核、赏罚各级官员的手段以及如何维护君主的权力,即所谓刑名之术、察奸之术等。

《韩非子·备内篇》:"人臣之于其君,非有骨肉之亲也,缚于势而不得不事也。故为人臣者,窥觇其君心也,无须臾之休,而人主怠傲处其上,此世之所以有劫君弑主也。为人主而大信其子,则奸臣得乘于子以成其私,故李兑傅赵王而饿主父。为人主而大信其妻,则奸臣得乘于妻以成其私,故优施傅骊姬杀申生而立奚齐。夫以妻之近与子之亲,而犹不可信,则其余无可信者矣。

---

[1] [清]王先慎撰:《韩非子集解》卷一,北京:中华书局,1998年,第337页。

[2] [清]王先慎撰:《韩非子集解》卷十七,北京:中华书局,1998年,第397页。

"且万乘之主，千乘之君，后妃夫人、适子为太子者，或有欲其君之蚤死者。何以知其然？夫妻者，非有骨肉之恩也，爱则亲，不爱则疏。语曰：'其母好者其子抱。'然则其为之反也，其母恶者其子释。丈夫年五十而好色未解也，妇人年三十而美色衰矣。以衰美之妇人事好色之丈夫，则身见疏贱，而子疑不为后，此后妃夫人之所以冀其君之死者也。"

《韩非子·奸劫弑臣》："凡奸臣皆欲顺人主之心以取亲幸之势者也。是以主有所善，臣从而誉之；主有所憎，臣因而毁之……人主诚明于圣人之术，而不苟于世俗之言，循名实而定是非，因参验而审言辞。是以左右近习之臣知伪诈之不可以得安也。"

根据名称与事实是否符合来确定是非，凭借对事实的检验来审察言论，那么，君主身边亲近熟悉的宠臣就会知道诡诈伪善是不可以用来取得安乐的。

反　证

释法禁而听请谒，群臣卖官于上，取赏于下，是以利在私家而威在群臣。故民无尽力事主之心，而务为交于上。(《韩非子》：饰邪第十九)

释法术而心治，尧不能正一国；去规矩而妄意度，奚仲不能成一轮；废尺寸而差短长，王尔不能半中。使中主守法术，拙匠守规矩尺寸，则万不失矣。(《韩非子》：用人第二十七)

反对君主以自己的好恶来影响臣民，而应建立法制、法度。

明君无为于上，群臣悚惧乎下。明君之道，使智者尽其虑，而君因以断事，故君不穷于智。贤者效其才，君因而任之，故君不穷于能。有功则君有其贤，有过则臣任其罪，故君不穷于名。是故不贤而为贤者师，不智而

为智者正。臣有其劳，君有其成功，此之谓贤主之经也。（《韩非子·主道》）

韩非认为，理想的君臣关系，是释人治而以法、以术治国。

（三）势

"圣人德若尧舜，行若伯夷，而不载于势，则功不立，名不遂。""柄者，杀生之制也；势者，胜众之资也。"[1]

解析：君王能够"制贤""王天下"的首要原因并不在于其能力高强、品德出众，而是由于其拥有"势"而位尊权重。

《韩非子·功名》："夫有材而无势，虽贤不能制不肖。故立尺材于高山之上，下则临千仞之谷，材非长也，位高也。桀为天子，能制天下，非贤也，势重也。尧为匹夫，不能正三家，非不肖也，位卑也。……圣人德若尧、舜，行若伯夷，而位不载于世，则功不立，名不遂。"[2]

太公望东封于齐。海上有贤者狂矞，太公望闻之，往请焉，三却马于门而狂矞不报见也，太公望诛之。当是时也，周公旦在鲁，驰往止之，比至，已诛之矣。周公旦曰："狂矞，天下贤者也，夫子何为诛之？"太公望曰："狂矞也议不臣天子，不友诸侯，吾恐其乱法易教也，故以为首诛。今有马于此，形容似骥也，然驱之不往，引之不前，虽臧获不托足以旋其轸也。"（《外储说右上》）

法家思想顺从人性中对权力、富贵的追逐，一旦贤人无视名利，法家思想就失去了自己的强大威力，而诉诸杀害。

理解与分析：

冯友兰说："儒家要求不仅治贵族以礼，而且治平民也应当以礼而不以刑，这实际上是要求以更高的行为标准用之于平民……法家不是把平民的行为标准提高到用礼的水平，而是把贵族的行为标准降低到用刑的水平，以至将礼抛弃，只靠刑罚。"儒家总是指责法家卑鄙、粗野，法家总是指责儒家迂腐、空谈。

---

[1] ［清］王先慎撰：《韩非子集解》卷八，北京：中华书局，1998年，第209页。

[2] ［清］王先慎撰：《韩非子集解》卷八，北京：中华书局，1998年，第208页。

　　《韩非子》实际上是一本关于帝王之术的书。法家思想的本质是建立在人的欲望之上，希望统治者拥有至高无上的权利，掌握一整套驾驭臣民的技巧，并创造完备健全的法律制度，以牢牢控制整个专制的国家体系，为之后大秦王朝的政治运作提供了系统的政治思想理论。

第二节　法家思想影响下的论说形态

　　韩非对人性的剖析直接从经验出发，对社会现实中实际存在的有关人性的现象进行了客观的描述和概括，这形成了法家的文章风格。

一、人性恶与法家思想的建构

　　荀子："人之性恶，故古者圣人以人之性恶，以为偏险而不正，悖乱而不治，故为之立君上之执（势）以临之，明礼义以化之，起法正以治之，重刑罚以禁之，使天下皆出于治，合于善也。"韩非发扬荀子的人性恶论，开始着手建立自己的思想体系。

（一）思考道德

　　饥岁之春，幼弟不饷；穰岁之秋，疏客必食。非疏骨肉爱过客也，多少之实异也。是以古之易财，非仁也，财多也；今之争夺，非鄙也，财寡也。……故事因于世，而备适于事。①

_____

① ［清］王先慎撰：《韩非子集解》卷十九，北京：中华书局，1998 年，第 444 页。

思考与论说：

韩非法家思想、近代西方法治思想中国化和目前法治的联系与区别是什么？

梁启超对法家在先秦政治思想中的地位也进行了辩证分析，说它"在古代政治学说里头，算是最有组织的，最有特色的，而且较为合理的。当时在政治上，很发生些好的影响。"但是也存在明显的缺点："他们知道法律要确定，要公布，知道法律知识要普及于人民，知道君主要行动于法律范围以内，但如何然后能贯彻这种主张，他们没有想出最后最强的保障。申而言之，立法权应该属于何人，他们始终没有把这当个问题。他们所主张法律威力如此绝对无限，问法律从那里出呢？还是君主，还是政府？"

没有恒定的道德观念，物质的发展和社会的变迁影响人性。

（二）现实的人性

舆人成舆，则欲人之富贵；匠人成棺，则欲人之夭死也。非舆人仁而匠人贼也，人不贵，则舆不售，人不死，则棺不卖。情非憎人也，利在人之死也。[①]

韩非认为，人性的最大特点是趋利。

卫人有夫妻祷者而祝曰："使我无故，得百束布。"其夫曰："何少也？"对曰："益是，子将以买妾。"（《内储说下》）

人为婴儿也，父母养之简，子长而怨；子盛壮成人，其供养薄，父母怒而诮之。子父至亲也，而或谯或怒者，皆挟相为而不周于为己也。（《外储说左上》）

韩非看到，即使是在父母、夫妻、子女之间，也存在人人皆为己的情况。

人主之患，在于信人，信人，则制于人。人臣之于其君，非有骨肉之亲也，缚于势而不得不事也。故为人臣者，窥觇其君心也，无须臾之休，而人主怠傲处其上，此世之所以有劫君弑主也。为人主而大信其子，则奸臣得乘于子以成其私，故李兑傅赵王而饿主父；为人主而大信其妻，则奸臣得乘于妻以成其私，故优施傅骊姬杀申生而立奚齐。夫以妻之近与子之亲，而犹不可信，则其余无可信者矣！[②]《韩非子·备内篇》

"贤智未足以服众，而势位足以御贤者"，韩非"不惮以最大的恶意来揣度人"，清代陈深：今读其书，上下

对比当今现实，谈谈你的看法。

对比当今现实，谈谈你的看法。

理解与分析：
《论语》："父母之年，不可不知也，一则以喜，一则以惧。"

思考与论说：
如何看待法制节目中讲述的家庭纠纷？道德在劝说中的作用有多大？成功劝说的案例中用了哪种方法？

思考与论说：
谈谈文学与法制在社会应用上的作用，写一段300字左右的论说文。

对比诗歌"高尚是高尚者的墓志铭，卑鄙是卑鄙者的通行证"。

---

① [清]王先慎撰：《韩非子集解》卷五，北京：中华书局，1998年，第116页。

② [清]王先慎撰：《韩非子集解》卷五，北京：中华书局，1998年，第115页。

数千年，古今事变，奸臣世主隐微伏匿，下至委巷穷闾、妇女、婴儿人情曲折，不啻隔垣而洞五脏。韩非总是以犀利严肃的目光剖析纷繁复杂的现实世界，大胆暴露各色人等的心理阴暗面和人的劣根性。

（三）法家政治思想的建构

《八经》："凡治天下，必因人情。"

《难一》："设民所欲，以求其功。故为爵禄以劝之。设民所恶，以禁其奸，故为刑罚以威之。"

"只有耕战，国家才可富强，人们的私欲才可以得到满足"，这就是当时的治国之道。

> **理解与分析：**
> 你是否赞同这个观点？请以"论经济与社会内在品格的塑造"为题写一篇小短文。

二、韩非的语言观

（一）言以立功

《问辩》："夫言行者，以功用为之的彀者也。夫砥砺杀矢而以妄发，其端未尝不中秋毫也。然而不可谓善射者，无常仪的也。设五寸之的，引十步之远，非羿、逢蒙不能必中者，有常也。故有常，则羿、逢蒙以五寸为巧，无常则以妄发之中秋毫为拙，今听言观行，**不以功用为之的彀，言虽至察，行虽至坚，则妄发之说也。**"

儒家"言以立德"，在于人伦规范与道德建设，功不见于当代，或不见实际之功。韩非"言以立功"强调实用性，原因在于"恐人怀其文忘其直，以文害用也"，(《外储说左上》)倡导"人主者，守法责成以立功者也"，认为"令者，言之最贵者也"。韩非将君王利益摆在第一等级。

韩非立言的最终标准是富民强国："富国以农，距敌恃卒，而贵文学之士；废敬上畏法之民，而养游侠私剑之属。举行如此，治强不可得也。"(《五蠹》)韩非著说的出发点就是将积贫积弱、没有治国原则的韩国推向霸主地位。

（二）言必合乎参验

所谓参验之道，指天时、地利、物理、人情皆能符合，言之有物，反对空言浮说。

观听之势，其征在比周而赏异也，诛毋过而罪同。言会众端，必揆之以地，谋之以天，验之以物，参之以人。四征者符，乃可以观矣。（《八经》）

"非天时，虽十尧不能冬生一穗"，韩非从取法尧舜到取法现实，甚至涉及对儒家理论取源之处的否定。

"夫必恃自直之箭，百世无矢，恃自圆之木，千世无轮矣。自直之箭，自圆之木，百世无有一，然而世皆乘车射禽者何也？隐栝之道用也。"[①]

强调更为客观的自然规律、物理之道。

"越王勾践恃大朋之龟，与吴战而不胜，身臣入宦于吴，反国弃龟，明法亲民报吴，则夫差为擒。故恃鬼神者慢于法，恃诸侯者危其国。"[②]

反对迷信鬼神，不思治国用法之道。韩非展现的是理性思维。

三、理性思维与论说方式

（一）认识论与文体呈现

韩非反对前识："先物行，先理动，之谓前识。前识者，无缘而妄意度也。""人也者，乘于天明以视，寄于天聪

老子对孔子说："子所言者，其人与骨皆已朽矣。"你如何理解儒家的圣人情结、历史情结？

理解与分析：
《周易》《左传》兼有神秘与理性成分，请谈谈其在文本形态上的表现。

---

① ［清］王先慎撰：《韩非子集解》卷十九，北京：中华书局，1998年，第461页。
② ［清］王先慎撰：《韩非子集解》卷五，北京：中华书局，1998年，第123页。

以听，托于天智以思虑"，依靠人的视听思虑。

1. 实用主义与历史故事的搜集

韩非法家理念建设，最突出的表现是用自然现象和各种社会现象佐证自己的思想，内容更为充实，更贴近现实又形象生动、发人深省。

韩非对人类各种行为进行搜集，《以貌取人》《目不见睫》《守株待兔》《宋人疑邻》《慈母败子》都透露了人隐藏的心思，并且理智也很难管控住这种心思，描述了各种社会现象，贴近现实又形象生动、发人深省。

社会科学、营销学、心理学、广告学，无不以社会现象为出发点。

通识阅读：

乔治·赫伯特·米德的《心灵、自我与社会》（上海译文出版社）。

韩非从现象到理论的归纳，没有习以为常、先入为主之见。如"木之折也必通蠹，墙之坏也必通隙"，"然木虽蠹，无疾风不折；墙虽隙，无大雨不坏"（木头虽然朽了，但是没有风不一定会断，墙虽然有了缝隙，但是没有大雨不一定会倒），既分析人人都会追究的内因，更强调外因的重要性，这使得他的论证既常见又有新知，颇有见地。

由于法家理论思维的取源之处在于社会各领域的现象，因此韩非大量搜集各类佐证材料，如《说林上》《说林下》《内储说上七术》《内储说下六微》《外储说左上》《外储说右上》《外储说右下》篇，其中《说林》就是原始的资料，包括历史传说、寓言故事；《储说》是经过加工的材料，以具体的历史和故事为证，再以"经"的方式对说的含义加以提炼总结。

2. 类比推理与排比手法

法家将现实人间的各类故事作为理论的论据，韩非在行文上善于使用类比推理和排比手法。比喻和推类既是修辞手法又是逻辑进程，对论说文的影响很深。

修辞实训：

排比对具有相似理念的历史故事进行提炼分析，得到一个论点。

故越王好勇而民多轻死；楚灵王好细腰而国中多饿人；齐桓公妒而好内，故竖刁自宫以治内；桓公好味，易牙蒸其子首而进之；燕子哙好贤，故子之明不受国。故君见恶，则群臣匿端；君见好，则群臣诬能。人主欲见，则群臣之情态得其资矣。……故曰："去好去恶，群臣见素。"（《二柄》）

这种相类事件的组接，使特殊向一般转化，在类比中，特殊现象退居其次，而共同的东西被提炼出来，认识的层次就发生了质的飞跃。在语言形式上用"故"字呈现。

韩非通过征引、类比的使用，详细列举，多方立论，条分缕析，把事理阐述得清晰透彻；有时单项列论，针对某种问题着重剖析，收到深透的说理效果。

（二）理性思维下的法家论说

韩非是先秦法家思想的集大成者，同时也是将法家思想与形名学相结合的典型，注重推理、验证是法家最鲜明的论说方式。

1. 审名与解析式论证

《扬权》中说"审名以定位，明分以辨类"。审名：审察名的含义。明分：区分事物的异同和界限。定位：定规矩、制度。辨类：分辨类属、范围。名、分、位、类是论说对象在语言上的呈现；审、明、定、辨是论说时需要运用的思维，涉及定义与分类。

以什么样的实来定名呢？法家名实观强调社会的进化，反对从古推今的文饰之语。再则，重视物质因素在社会历史发展中的作用，探索的是引起社会变化的物质原因。韩非在论说时以此为判断标准，直指问题关键，形成了务实凌厉的论说风格。

2. 叙议共参与论说结构

韩非作文讲究功用和读者的高效率接受，一般在开头直接点明观点，或以意名篇，篇题即为文章中心的如《五蠹》《扬权》，有些篇题直接以数字命篇，如《二柄》《八奸》《六反》《内储说上七术》，对要论说的内容分条罗列，逐层论说。战国诸子中，论说文结构的首次完善是从韩非开始的。韩非在《内储说》中提出自己的论说主张："先立说，后举事，叙议共参，正反相验。"即先要直接提出学说观念，然后举出事实，评述事实和叙述论说同时进行，最后以效果是否达成进行检验。

3. 参验之道与重视论证过程

凡是论说都必须经过检验才能肯定，否则就是愚蠢的。"无参验而必者，愚也；弗能必而据之者，诬也"，拿着不能肯定的学说，作为行动的根据，必然会有错误的后果。

对于战国后期复杂多变的现实进行哲学概括，形成了具有特色的唯物主义思想体系。在矛盾性、复杂性、多样性中找出真正有功、有实效的理念，组成了法家理论体系。

一是全面掌握"事有满虚，事有利害，物有生死"，凡事全面分析"出其小害，计其大利"；二是不存在常驻性，"天地不能常侈常费，而况于人乎？故万物必有盛衰，万事必有弛张"，注意运用分析、综合等种种方法，尤其善于从问题的各个层面、角度分别加以解剖说明。

《老子》中最早对事物的矛盾性、复杂性作了高度哲学解释，韩非继承了这一思想。对于诸如"短长、大小、方圆、坚脆、轻重、白黑"的纷繁社会，老子是解释背后之道，韩非注重其本身包含之理。

（三）多角度思维与法家多种文体

1. 喻 体

《喻老》篇用二十五则历史故事和民间传说分别解释了《老子》十二章，其中涉及《德经》八章、《道经》四章，这使得抽象的哲学有了具体形象的理解语境。

喻体的文体形态：①韩非在解释时将法家的理念融入老子的哲学架构中；②用历史故事或传说证明自己的理论。

文体实训：
使用喻体的表达方式，就任意哲理进行阐发。

制在己曰重，不离位曰静。重则能使轻，静则能使躁。故曰："重为轻根，静为躁君。"故曰："君子终日行不离辎重也。"邦者，人君之辎重也。主父生传其邦，此离其辎重者也，故虽有代、云中之乐，超然已无赵矣。主父，万乘之主，而以身轻于天下。无势之谓轻，离位之谓躁，是以生幽而死。故曰："轻则失臣，躁则失君。"主父之谓也。①

韩非首先思考在法家思想系统中提出"制在己"为重，"不离位"为静，然后提出自己的论说"重则能使轻，静则能使躁"，用来诠释老子"重为轻根，静为躁君"；然后举主父在有生之年传位，最后被幽拘而死的故事；最后在老子哲学架构中提出自己的观点"轻则失臣，躁则失君"，并用主父的例子证明。

势重者，人君之渊也。君人者，势重于人臣之间，失则不可复得矣。简公失之于田成，晋公失之于六卿，而邦亡身死。故曰："鱼不可脱于深渊。"赏罚者，邦之利器也，在君则制臣，在臣则胜君。君见赏，臣则损之以为德；君见罚，臣则益之以为威。人君见赏，则人臣用其势；人君见罚，而人臣乘其威。故曰："邦之利器，不可以示人。"②

《道德经》第三十六章说："鱼不可脱于渊，国之利器不可以示人。"韩非解释势重即为人君之渊，赏罚即为邦国利器。韩非并非对老子的全本著作进行注解，而是选择了能支撑法家理念的哲学架构，这使他的喜刑名法术之学有了比较精深的理论凭藉。

思考与论说：
如何理解"喜刑名法术之学，而其归本于黄老"？

————————

①② ［清］王先慎撰：《韩非子集解》卷七，北京：中华书局，1998年，第158页。

2. 难　体

难体这一论说方式是由《难一》、《难二》、《难三》、《难四》以及《难势》的题名而来。难体的文体特点包括：

（1）先陈述世人习以为常、不加思考的故事理念，然后运用法家理念，以"或曰"的方式去分析反驳，确立自己的论点，而这也正是韩非敢于思索、精于言理的论说风格。

（2）运用驳难、反证的方式来阐发自己的理念。

（3）分条驳论，颇有纵横风采。

《难一》：

管仲有病，桓公往问之，曰："仲父病，不幸卒於大命，将奚以告寡人？"管仲曰："微君言，臣故将谒之。愿君去竖刁，除易牙，远卫公子开方。易牙为君主味，君惟人肉未尝，易牙烝其子首而进之。夫人情莫不爱其子，今弗爱其子，安能爱君？君妒而好内，竖刁自宫以治内，人情莫不爱其身，身且不爱，安能爱君？开方事君十五年，齐、卫之间不容数日行，弃其母，久宦不归，其母不爱，安能爱君？"臣闻之："矜伪不长，盖虚不久。愿君去此三子者也。"管仲卒死，而桓公弗行，及桓公死，虫出尸不葬。

或曰：管仲所以见告桓公者，非有度者之言也。所以去竖刁、易牙者，以不爱其身，适君之欲也。曰："不爱其身，安能爱君？"然则臣有尽死力以为其主者，管仲将弗用也。曰："不爱其死力，安能爱君？"是君去忠臣也。且以不爱其身，度其不爱其君，是将以管仲之不能死公子纠，度其不死桓公也，是管仲亦在所去之域矣。明主之道不然，设民所欲以求其功，故为爵禄以劝之；设民所恶以禁其奸，故为刑罚以威之。庆赏信而刑罚必，故君举功於臣，而奸不用於上，虽有竖刁，其奈君何？且臣尽死力以与君市，君垂爵禄以与臣市，君臣之际，非父

127

子之亲也，计数之所出也。君有道，则臣尽力而奸不生；无道，则臣上塞主明而下成私。管仲非明此度数於桓公也，使去竖刁，一竖刁又至，非绝奸之道也。且桓公所以身死虫流，出尸不葬者，是臣重也；臣重之实，擅主也。有擅主之臣，则君令不下究，臣情不上通，一人之力能隔君臣之间，使善败不闻，祸福不通，故有不葬之患也。明主之道，一人不兼官，一官不兼事。卑贱不待尊贵而进论，大臣不因左右而见。百官修通，群臣辐凑。有赏者君见其功，有罚者君知其罪。见知不悖於前，赏罚不弊於后，安有不葬之患？管仲非明此言於桓公也，使去三子，故曰管仲无度矣。

文体实训：
选择任一历史故事，运用难体进行故事解构。

韩非难体的逻辑顺序：第一句话点明论点，最后一句话再次强调自己的论点；中间则分条反驳。反驳的顺序：先从故事中概括出对方的理念，承认对方的理念并指出其造成的后果，此为一难；之后按照这种顺序层层反驳，即为多难形式；最后详细提出自己的论点。

3. 说 体

"先秦诸子言说方式，至战国中期而一变：从早期至理、名言之语录，一变为充满譬喻故事之论辩。《韩非子》之《说林》篇、《内外储说》篇的产生，不过是这种演变的极致化结果；中国早期小说之'譬论'的重要文体特征，正是在先秦子书这种演进过程中生成的。"[1]

公孙仪相鲁而嗜鱼，一国尽争买鱼而献之，公孙仪不受。其弟子谏曰："夫子嗜鱼而不受者，何也？"对曰："夫唯嗜鱼，故不受也。夫即受鱼，必有下人之色；有下人之色，将枉于法；枉于法，则免于相。虽嗜鱼，彼必不能长

---

[1] 陈洪：《譬论：先秦诸子言说方式的转变——以〈韩非子·内外储说〉之异闻为例》，《南京师大学报（社会科学版）》，2009 年第 3 期。

给我鱼，我又不能自给鱼。即无受鱼而不免于相，虽嗜鱼，我能长自给鱼。"**此明夫恃人不如自恃也，明于人之为己者不如己之自为也。**①

这一段就是收集故事，然后得出自己的论点。

4. 解　体

《说文·角部》："解，判也。从刀，判牛角。""解"字有两层含义：①解者，散也，指由整体而解为部分。②解者，晓也，喻也，指分为条目，贯通条目而得整体之义。

张舜徽的《广校雠略·注书流别论二篇》言："解者判也，判析旨义使易明也。肇端于《管子》诸解，《韩非》亦有《解老》，盖周末已有斯体。"②韩非的《解老》真正使解体发挥了"判析旨义使易明也"的文体功能：

《老子》："道可道，非常道。"

《解老》："凡理者，方圆、短长、粗靡、坚脆之分也。故理定而后可得道也。故定理有存亡，有死生，有盛衰。夫物之一存一亡，乍死乍生，初盛而后衰者，不可谓常。唯夫与天地之剖判也具生，至天地之消散也不死不衰者谓'常'。而常者，无攸易，无定理。无定理，非在于常所，是以不可道也。圣人观其玄虚，用其周行，强字之曰：'道'。然而可论。故曰：'道之可道，非常道也。'"

韩非解此句，首先以"常"为突破口，认为一切有定理的事物均有生成与消亡，不可为常，因此，首先说何为定理，再言这些均有衰亡，不能常存。韩非将理与道相比，可以明晰老子所言的"常道"，即"理"也，而真正的道，因超越理的存亡，能亘古常在，所以称为"道"。这时"解"体就是紧扣经文，用以"判名旨意"的解说文体。

---

① [清] 王先慎撰：《韩非子集解》卷十一，北京：中华书局，1998年，第267页。
② 张舜徽著：《广校雠略》，北京：中华书局，1963年，第54页。

和《喻老》篇相比，解更在于以抽象理论去解释经文内容。

从文体体例看，解体要比传体更为自由。不同于传体通过训诂"常"的内涵来解释经文，解体是通过对"常"的哲理认知来解说经文。这是解体和传体的不同。

战国时期，在礼崩乐坏的背景下，人们呼唤新的社会秩序。韩非提出有体系、经过严密论证的"以法治国"，进行全面的政策设计，这对国家管理和组织形态的发展具有开创性意义。首先，论法使君主的法治思维得到了普及、提高；其次，也是最重要的，是在法的背景下开创的理性思维方式和论说形态，使法治思维通过文本、文体形态学习成为民族的思维言谈方式。

《解老》使用了论说体、辩难体、问答体、经传体、寓言譬喻等多种文体和修辞形态（在今天的科学思维中，与其对应的逻辑方法有比较、分类、归纳与演绎、分析与综合、论证与反驳、历史与逻辑相统一等），大大推动了理性思维的发展。

思考与论说

（1）现实中有取之不尽的现象和理性思维，谈谈你对调查报告这一文体的认识，并以任一调查报告为例，择取其中一段，将其转换为小段的富有文学色彩的论说。

文体模仿写作

（1）就任意历史故事进行历史新编，并融入自己对法家思想的理解写一段文字。

（2）以法家任一有益的思想作为篇题，写一篇完整的论说段落，然后对其文体形式、论证材料、结构安排、论说方式进行评析。

实践与创新

（1）针对当前的社会热点，组织一场辩论赛。

拓展阅读文献

1. 原典文献

（1）梁启超:《先秦政治思想》，见《饮冰室文集》，昆明：
云南人民出版社，2001年。

（2）周勋初修订:《韩非子校注》，南京：凤凰出版社，
2009年。

2. 文体研究文献

（1）沈鸿:《〈韩非子〉》中历史传说的编排和运用——兼
谈中国古代早期"说体"叙事作品与历史传说的关系，
《学习与探索》2011年第2期。

（2）马世年:《〈韩非子〉的成书及其文学研究》，西北师
范大学博士论文，2005年。

（3）白彤东:《韩非子对儒家批评之重构》，《中国哲学史》
2020年第6期。

3. 修辞文献

（1）刘培育:《韩非》，豆丁网，2013年。

4. 当今应用文献

（1）白彤东：国家社科基金项目"古今中西参照下的《韩
非子》政治哲学研究"，2017年。

（2）白彤东:《旧邦新命：古今中西参照下的古典儒家政
治哲学》，北京：北京大学出版社，2009年。

（3）白彤东：上海市教学成果一等奖"提高文化软实力，
推动中国哲学全球化——复旦大学中国哲学英文硕
士项目"，2017年。

（4）魏治勋:《近代新法家的法治主义思想建构及其时代
功用》，《东方法学》2016年第4期。

第七章 《左传》与人物传记

教师讲授

（1）**思维**：中国史学的发展、流变，从经学到史学的价值寄寓。

（2）**修辞、文体**：《左传》的文化意义、文体特征。

学生实践

（1）史学文体写作的经学内涵掌握。

（2）人物传记创作手法的模仿写作。

第一节　经学修养与史学品格：先秦人物传记流变

　　中国的人文启蒙时期在西周，周文化的突出贡献就是高举人的理念。这一理念是伴随着商周天命观的改变而确立的。商朝时，人与天、神的关系，是人匍匐在神的脚下，通过媚神而取得统治权。周朝从小部落崛起为大邦国，并发现了一个石破天惊的大道理：人在宇宙中的自由度。周朝发现可以从人民中得到勇气、力量和智慧。它使得周人在人生和人间世界里发现无尽丰富的意义。因此，西周提出"以德辅天"，这正是人文精神的真正醒觉。后来周公制礼作乐，开始对人有规范。西周人已经形成了自己的哲学——修明德。这是中华民族的第一次文化启蒙。这一文化奠定了整个中华民族对人的期待，中国人物传记的道德规范多以西周文化理念为宗，这些理念多保留在六经之中。

在《左传》叙事与人物结合的典范史学著作产生之前，关于人物的传说记载是以什么文体形态呈现的？《左传》又是如何影响后来史学人物传记的发展的呢？

一、经传系统与"圣王之迹"

西周文化以《诗》《书》《礼》《易》《乐》《春秋》六经为代表，春秋末期，对其全面传承的是孔子所开创的儒家学派。孔子设立私学，教授六经。孔子教授六经时，通过叙史的方式，用历史建构起一种道德规范，解释诗书的背景、内涵，重视"圣王之迹"，奠定了中国最早的人物传记雏形，它们以"事语"类文体形式呈现，并且成为后来人物传记在道德上效法的典范。

在经传系统中，《诗》《书》《礼》《易》《乐》《春秋》在孔子之前即多有传扬。其中大量的诗书"本事"、春秋"掌故"、礼乐"言谈"，都是以"事语"材料的形式广为流传。如《礼记·乐记》中孔子谓宾牟贾："且女独未闻牧野之语乎？"又如《孔子家语》中孔子读史记至楚复陈，曰："贤哉楚庄王！轻千乘之国而重一言。"而这一评价正与《左传》宣公十一年"冬，楚子为陈夏氏乱"的具体事件相参，是以知孔子之前，"事语"类文献已广为流传。

下面，我们从"虞芮质于文王"的事语流传来看一看。《诗经·大雅·緜》：

緜緜瓜瓞，民之初生，自土沮漆。古公亶父，陶復陶穴，未有家室。

古公亶父，来朝走马。率西水浒，至于岐下。爰及姜女，聿来胥宇。

周原膴膴，堇荼如饴。爰始爰谋，爰契我龟。曰止曰时，筑室于兹。

迺慰迺止，迺左迺右；迺疆迺理，迺宣迺亩。自西徂东，周爰执事。

乃召司空，乃召司徒，俾立室家。其绳则直，缩版以载，作庙翼翼。

捄之陾陾，度之薨薨，筑之登登，削屡冯冯。百堵皆兴，鼛鼓弗胜。

…………

虞芮质厥成，文王蹶蹶生。予曰有疏附，予曰有先后，予曰有奔奏，予曰有御侮。

早期的诗歌创作，尤其是《诗经·雅颂》篇，大多是有"本事"的，如《大雅·緜》篇"追述太王始迁岐周，以开王业，而文王因之以受天命也"，又如"周公既没，命君陈分正东郊成周，作《君陈》"。既然诗歌中有事迹的记载，那就必然要有一番阐释，于是在《大雅·緜》篇中提到了"虞芮质于文王"的事件。因此，乐工在传诵时，关于虞芮质于文王的事语应在传文中已经具备一定的形态。

《毛传》解释说："虞芮之君相与争田，久而不平。乃相谓曰：'西伯，仁人也，盍往质焉？'乃相与朝周。入其境，则耕者让畔，行者让路。入其邑，男女异路，班白不提挈。入其朝，士让为大夫，大夫让为卿。二国之君感而相谓曰：'我等小人，不可以履君子之庭！乃相让，以其所争田为闲田而退。天下闻之而归附者，四十余国。'"

在《毛传》之中，对于这件事的因果情节，问答语言已基本成型，《毛传》虽定本在汉，但是它经历了一个由口说而至于定本的过程。《毛传》在最初应是流行于乐师的口说传播之中，也可能已经成文。《国语·鲁语上》中说："工、史书《世》。"韦昭注："工、瞽师官也。史，太史也。工诵其德，史书其言。"阎步克："由'工诵其德，史书其言'制度，就可以说明'本事'的由来：古史传承本有'记注'和'传诵'两种形式，二者相辅相成，对于一件史实，史官记其大略于简册之上，其详情则由瞽矇诵之。"[①]

徐干《中论·虚道》："先王之礼，左史记事，右史记言，师瞽诵诗，庶僚箴诲，器用载铭，筵席书戒，月考其为，岁会其行，所以自供正也。"涉及的对象主要是天子、诸侯。乐工是从德行教化的角度对诗中的"本事"进行详细解说。所谓的"本事"，就是一种事语的形式。这种事语类文献，是在对经典的解释中以"传"的形式存在的，而不是由史官记录。

二、家史系统与诸侯大夫言行传播

关于家史的设置，最早的论述应见于刘知几的《史通·史官建置》："降及战国，史氏无废。盖赵鞅，晋之一大夫尔，有直臣书过，操简笔于门下。田文，齐之一公子尔，每坐对宾客，侍史记于屏风。"[②]早期文献中也确有类似记载：

（1）《史记·孟尝君列传》："孟尝君在薛，招致诸侯宾客及亡人有罪者，皆归孟尝君。孟尝君舍业厚遇之，以故倾天下之士。食客数千人，无贵贱一与文等。孟尝君待客坐语，而屏风后常有侍史，主记君所与客语。"[③]

（2）《韩诗外传》卷五："赵简子有臣曰周舍，立于门

---

① 阎步克著：《乐师与史官：传统政治文化与政治制度论集》，北京：生活·读书·新知三联书店，2001年，第94页。

② [唐]刘知几撰，赵吕甫校注：《史通新校注》，重庆：重庆出版社，1990年，第634页。

③ [汉]司马迁撰，[宋]裴骃集解，[唐]司马贞索隐，[唐]张守节正义：《简体字本前四史：史记》，北京：中华书局，2005年，第1847页。

下三日三夜。简子使问之，曰：'子欲见寡人何事？'周舍对曰：'愿为谔谔之臣，墨笔操牍，从君之过而。日有记也，月有成也，岁有效也。'简子居，则与之居，出，则与之出。"①

（3）蒙文通的《中国史学史》："诸侯之国史既盛，至是而大夫之家史又起也。"②战国时期大夫家也已有《世家》记录。由《史记·卫康叔世家》中的"太史公曰：'余读世家言。'"③可知，在司马迁之前，就有大夫之家史记录。

国家正史记载简略，而家史则备叙事情的起因、结果。《论衡》："圣贤言行，竹帛所传，练人之心，聪人之知，非徒县邑之吏对向之语也"④家史之记载也在于以德行教化，它往往代表着当时社会中新的价值理念。《国语·晋语九》记载董安于对赵简子说："方臣之少也，进秉笔，赞为名命，称于前世，立义于诸侯。"⑤这是要在各诸侯国间传扬大夫的言行。

三、史记系统：从事语到经传

《韩非子·难言篇》："捷敏辩给，繁于文采，则见以为史。""辞多则史，少则不达。"可见史官所记不应只是如《春秋》那样简短的形式。况孔子读史记，有读到言行之文。在史传体系中有这样的"言行录"传承体系。这一体系的宗旨在于因言行被记之在策，"善人劝焉，淫人

[唐]刘知几《史通》卷一《六家》："古往今来，质文递变，诸史之作，不恒厥体。权而为论，其流有六：一曰《尚书》家，二曰《春秋》家，三曰《左传》家，四曰《国语》家，五曰《史记》家，六曰《汉书》家。"也就是说，我国的史书体裁有六种：《尚书》开创了记言体，《春秋》开创了记事体，《左传》开创了编年体，《国语》开创了国别体，《史记》开创了通史纪传体，《汉书》开创了断代纪传体。

---

① [汉]韩婴撰，许维遹校释：《韩诗外传集释》，北京：中华书局，1980年，第247页。
② 蒙文通著：《中国史学史》，上海：上海人民出版社，2006年，第12页。
③ [汉]司马迁撰，[宋]裴骃集解，[唐]司马贞索隐，[唐]张守节正义：《简体字本前四史：史记》，北京：中华书局，2005年，第1332页。
④ 黄晖撰：《论衡校释》，北京：中华书局，1990年，第597页。
⑤ 来可泓撰：《国语直解》，上海：复旦大学出版社，2000年，第708页。

惧焉，故先王重之，以嗣赏罚，以辅法教"，是以言行为
德教。

史传体系中的"言行录"的发展如何？这些言行事
语是如何演进为史"传"之传体、国语之"语"体的呢？
我们往往以《春秋》作为正史，认为史只是简单记事。然
而，《帝王世纪》言："史官之作盖自此始，记其言行，又
策而藏之，名曰书契。"这是描述史官有记言行之职能。
而《左传》《国语》中保存了很多当时史官对于上古历史
和神话传说的叙述，这些言行故事，作为公共文化资源也
在由不同的史官传扬，其中的言语传谈的具体字句叙述
得非常相似，由此可知，史官是保有一定的文本材料的，
并且这些材料广为流传。

凡言古行事者，后人可称其为传。《孟子·梁惠王下》：
"齐宣王问曰：'文王之囿方七十里，有诸？'孟子对曰：'于
传有之。'"又有"齐宣王问曰：'汤放桀，武王伐纣，有诸？'
孟子对曰：'于传有之。'"《韩非子·备内》："上古之传言，
《春秋》所记，犯法为逆以成大奸者。"《庄子·盗跖》："此
上世之传，下世之语。"这里的传即为上古之史传。另外，
在《墨子·公孟》中有言："有游于子墨子之门者，身体
强良，思虑徇通，欲使随而学。子墨子曰：'姑学乎，吾
将仕子。'劝于善言而学。其年，而责仕于子墨子。子墨
子曰：'不仕子。子亦闻夫鲁语乎？'鲁有昆弟五人者，其
父死，其长子嗜酒而不葬，其四弟曰：'子与我葬，当为
子沽酒。'劝于善言而葬。已葬而责酒于其四弟。四弟曰：
'吾未予子酒矣。子葬子父，我葬吾父，岂独吾父哉？子
不葬，则人将笑子，故劝子葬也。今子为义，我亦为义。
岂独我义也哉？'"这里，墨子提到的"鲁语"，是典型的
"事语"形态，而庄子将"上世之传"和"下世之语"并提，
显然，这些上古史传之传文，应和当时的语体在文献形

态上非常相似。

在右史体系中，目前最完整的文献是《尚书》。刘知几《史通》："盖《书》之所主，本于号令，所以宣王道之正义，发话言于臣下，故其所载，皆典、谟、训、诰、誓、命之文。"荀子言："尚书者，政事之纪也。"这些文诰均是西周初期政治理念的建构，史官将其记载下来，可以说，西周社会的人文理念主要是通过史官的历史记载体现的，史官将这些理念文本化，作为治国之善言，从而掌官书以赞治。《尚书》中的文章都是官方文告，是在不同的行政场合根据君臣间的对话展开的，以记言为主，其中有铺叙场面，记录事件，初步形成篇章，展现的是"事语"的文献形态，但不能将其单独提出来，称为事语。然而，这些君王的言行，在当时经由"士称之"，即大夫传扬，显然是以"事语"的形态流传的。《尚书》文本本身已有记言、对话、事语三种文献形态。

在史记系统中，事语类材料最早获得的文体形式是"语"体，即各国的国语，最初被称为《楚语》《楚书》《晋语》等。《史通·史官建置》说，"至于诸侯列国亦各有史官，求其位号，一同王者释"，诸侯国之史官建置体制是仿效王官之制，在王朝史官系统归属之下的。《国语》者，实则诸侯国记言之史籍也。

这些流传在诸侯国内、周王朝和诸侯国之间、各诸侯国之间的事语，广泛地传播，伴随"国语"文本形态的定型，已然以"语体"或"事语体"的文体形式确立。因此，我们说"事语类"文献最早获得的文体形式是"语"体。然而，这些事语作为一种公用的文化资源，也可以被时人采用以进入其他文体，如《论衡·案书篇》："《左氏》传经，辞语尚略，故复选录《国语》之辞以实。"这是"国语"作为事语史料开始进入传文，并且影响了《左传》的写作

理解与分析：
中国史学和经学的关系。

138

方式，刘知几《史通·载言》："古者言为尚书，事为春秋，左右二史，分尸其职。盖桓、文作霸，纠合同盟，春秋之时，事之大者也，而《尚书》缺纪，秦师败绩，缪公戒誓，《尚书》之中，言之大者也，而《春秋》靡录。此则言、事有别，断可知矣。逮左氏为书，不遵古法，言之与事，同在传中，然而言事相兼，烦省合理。"① 这是"事语"的文献形式对《左传》在创作上的影响。

第二节 从经学到史学的价值寄寓与文体呈现

《左传》又名《左氏春秋》《春秋左氏传》，司马迁："鲁君子左丘明惧弟子人人异端，各安其意，失其真，故因孔子史记具论其语，成《左氏春秋》。"除了《左氏春秋》外，还有《公羊传》《谷梁传》。传，本身是经传体。

《春秋》在价值引领上，一字寓褒贬，通过遣词造句表达褒贬爱憎，裁定是非曲直。至左氏，则以史为主体，在叙事中以诗书理念为道德规范。因此《春秋》不仅标志着儒家散文发展到新的阶段，而且昭示着儒家在文学、史学中的话语建构力逐渐成为民族的一种心理倾向。

一、叙事而征之《诗》《书》

《左传》在文体上，呈现先叙事，后议论，再征之以《诗》《书》的结构，这种文体结构本身就昭示着一种价值寄寓。例如，《成公二年》中：

① ［唐］刘知几撰，赵吕甫校注：《史通新校注》，重庆：重庆出版社，1990 年，第 77 页。

对曰:"萧同叔子非他,寡君之母也。若以匹敌,则亦晋君之母也。吾子布大命于诸侯,而曰必质其母以为信,其若王命何?且是以不孝令也。《诗》曰:'孝子不匮,永锡尔类。'若以不孝令于诸侯,其无乃非德类也乎?"

《左传》引诗,共涉及诗篇75首,《大雅·文王》共被引用11次,高居榜首。如《左传·僖公十九年》中,宋人围曹,口号为"讨不服"也。实际上是宋襄公有争霸的野心,借伐小国以立威,为不义之举。其时,大夫子鱼劝宋襄公不可以力服人,而应以德服人,并举文王当年伐崇以德服人的历史经验,最后引诗"刑於寡妻,至於兄弟,以御於家邦"来规劝宋襄公。

《左传》中对文王之德的引用又见于《襄公十三年》(仪刑文王,万邦作孚),《昭公六年》(仪刑文王,万邦作孚),《昭公二十三年》(无念尔祖,聿修厥德),《成公十六年》(立我烝民,莫匪尔极),等等。

仅次于《大雅·文王》的引用率的是《大雅·抑》,共有8次,所引诗句为《僖公九年》之"不僭不贼,鲜不为则。"《襄公二年》之"其惟哲人,告之话言,顺德之行"。《襄公二十一年》《昭公五年》之"有觉德行,四国顺之。"《襄公二十二年》之"慎尔侯度,用戒不虞",等等,其语义的集中指向为"顺德、法德与自慎"。

《左传》引《书》的行为,除孔子之外,晋人鲁人都有:

魏绛辞曰:"……"《书》曰:"居安思危,思则有备,有备无患!敢以此规。"

梅本古文《尚书》原文"居宠思危,罔不惟畏,弗畏入畏",《逸周书》程典:"于安思危,于始思终,于迩思备,于远思近,于老思行。不备,无违严戒。"

(苌弘)对曰:"……《太誓》曰:'纣有亿兆夷人,亦有离德。余有乱臣十人,同心同德。'此周所以兴也。

君其务德，无患无人。"

梅本古文《尚书》："受有亿兆夷人，离心离德；予有乱臣十人，同心同德。"

此外，《左传》引诗书的语义指向还有涉及忠信的，如《昭公三年》中的"《风》有《采蘩》《采蘋》,《雅》有《行苇》《酌》,昭忠信也"，《襄公二十五年》中的"夙夜匪解，以事一人"；又有关于人伦宗亲主旨的，如孝的观念。其他所引诗义也有作为格言来指导个人行为的，具体有知人之明、恭敬谨慎、知过就改等。

德、信、忠、智、尊贤才、人伦宗亲等正是西周时期建立起的治国理念和思想文化。春秋以"语义"为中心的用诗行为主要是对《诗》中的历史经验和积淀起的思想的一种践行。"诗书，义之府也。"春秋时期用诗，多取其中的文化意蕴，和《尚书》共同构成当时行为准则的取源之处。

二、论说特点：多用"子曰……""诗云……"

《襄公十一年》："晋侯以乐之半赐魏绛……《诗》曰：'乐只君子，殿天子之邦。乐只君子，福禄攸同。便蕃左右，亦是帅从。'夫乐以安德，义以处之，礼以行之，信以守之，仁以厉之。而后可以殿邦国，同福禄，来远人，所谓乐也。"

这种论说方式，使《诗》中既包含了西周初期建立的文化准则，又拥有了春秋时的理念，内涵得到了极大的丰富。

《襄公二十四年》："范宣子为政，诸侯之币重，郑人病之。二月，郑伯如晋。子产寓书于子西，以告宣子……夫令名，德之舆也；德，国家之基也，有基无坏，无亦是务乎！有德则乐，乐则能久，诗云：'乐只君子，邦家之基'，有令德也夫！"

通过论说的形式，春秋时期，人们开始以圣王思想为基点，对西周建国时期所奠定的人文思想和哲学理念进行积极的时代重构。后来，孔子早期的六经之教也是以论说的方式不断扩充西周、春秋时所建构的文化理念。

在《左传》中，这种论说方式在语言形式上表现为"仲尼曰……""诗云……"，孔子是针对具体的政事进行论说，所以孔门弟子所学的重点就不仅仅在于诗，而且在于"子曰"的内容。

三、述史：从历史现实到历史科学

《韩非子·难言》："时称《诗》《书》，道法往古，则见以为诵。"[①] 何楷《诗经世本古义》以为"《诗》者联属《书》与《春秋》之隙者也。"例如：

《昭公九年》："令尹享赵孟，赋《大明》之首章，赵孟赋《小宛》之二章。事毕，赵孟谓叔向曰：'令尹自以为王矣，何如？'……对曰：'强以克弱而安之，强不义也。……令尹为王，必求诸侯。晋少懦矣，诸侯将往。若获诸侯，其虐滋甚。民弗堪也，将何以终？"

芮良父引《周颂·思文》"思文后稷，克配彼天。立我丞民，莫匪尔极"，以及《大雅·文王》"陈锡载周"的先王事迹和历史经验来推测楚国未来的政治变局。

《左传》用诗书，常伴随着对历史事件的回溯，以诗书之义作史鉴，《文公二年》秦伯犹用孟明。孟明增修国政，重施于民。

---

① 陈奇猷校注：《韩非子集释》，北京：中华书局，1958年，第48页。

赵成子言于诸大夫曰:"秦师又至,将必辟之,惧而增德,不可当也。《诗》曰:'毋念尔祖,聿修厥德。'孟明念之矣,念德不怠,其可敌乎?"

孟明所念念不忘的是《诗》中记载史事的道德准则,这种以历史经验为比照来沟通古今的方式,也可以使我们重新理解"《诗》所以会古今之志"的内涵,这里的"会"为"会通"之意,而不是"汇集"之意①。史官期望从历史实践中获得一种解释,关心事件和事件之间的因果关系。

海德格尔:从历史现实到历史学
的转化,需要将历史事件专题化。

四、《左传》的结构:经学内涵在史学结构中的隐喻

以道德意义作为事件发展或战争成败的逻辑根据来展开叙述,是《左传》普遍的内在结构。"整个《左传》叙事中,礼、义、德等道德因素,都被作者当作影响事件成败的重要原因加以叙述。"②杨义:"以显层的技巧性结构蕴含着深层的哲理性结构,反过来又以深层的哲理性结构贯通着显层的技巧性结构……它在深层次上瓦解了作品结构的封闭性,拓展了作品结构的开放性。"③最后又结之以"君子曰",对历史事件进行价值判断和道德引导。

---

① 曹建国著:《楚简与先秦〈诗〉学研究》,武汉:武汉大学出版社,2010 年.
② 李措吉主编:《中国散文》,上海:同济大学出版社,2007 年,第 53 页。
③ 杨义著:《杨义文存》,北京:人民出版社,1998 年,第 46 页。

第三节 《左传》的叙事：从呈现到再现

晋代范宁说它"艳而富"(《春秋谷梁传序》)；唐代刘知几称"其言简而要，其事详而博"(《史通·六家》)；清代刘大櫆则称赞它"情韵并美，文采照耀"(《论文偶记》)。

《左传》的记事形态和《春秋》有很大的区别。《春秋》在叙事上，每记一事只用寥寥数语讲述时间、地点、事情及结果，语言简练明白，是一种呈现式表达，不考虑文学色彩。《左传》在叙事上，文章细密详赡，富于文采，给人以具体生动之感；同时又微婉蕴藉，意味深长，使人寻绎不倦。"这正是儒家历史散文成熟、发达的重要标志，正是对《春秋》体例的重大突破，其意义是极其深远的，它直接启示了后来纪传体与纪事本末体的产生。"① 它标志着古代叙事散文的成熟。

一、《左传》的再现式记述形态

《左传》在叙事方法上的创新首先表现在作者重视对事件的完整把握，对事件的发生、发展和结束有时能给予集中记叙。

书写历史并不是简单地罗列事件。《左传》所展示的叙事目的，不是简单地罗列事件，而是全面整理当时的历史经验，给予这庞大的材料一种可以掌握的秩序，进而能彰显出其中的道理，而那道理绝对不是成王败寇，而是人活着有各种不同的价值追求。不同的人以不同的方式去追求，因为目的与手段间的差距、个人意志与时代环境的互动，会得到或成功或失败的结果。

《左传》以叙事精彩著称。书中出现了引人入胜的情节、生动逼真的细节和场面，大大增强了故事性。作者

---

① 杨树增、马士远著：《儒学与中国古代散文》，北京：中国社会科学出版社，2017年，第170页。

通过铺垫、照应、追溯、插叙等手法，把有关事实巧妙地安排在一起，形成完整而严谨的篇章。这些手法成为史传文学重要的表达方式。

《左氏春秋》中那些具体、生动的情节、细节和人物语言，从何而来？作者在原始史料的基础上，察物体情，自己想象和创作出来的，这也正是最能体现《左氏春秋》文学特点的地方。依靠这种想象和创作，《左氏春秋》才成为史传文学中最具艺术魅力的作品。"[1] 想象和虚构是《左传》写作贯彻始终的一种重要艺术构思。

鲁宣公二年，晋灵公被赵穿所杀。《春秋》仅用"晋赵盾弑其君夷皋"一句话来叙述此事，不仅语焉不详，而且把弑君者说成赵盾。《左传》则详细交代了事件的来龙去脉，讲述了一个具体而完整的故事。文中先叙述晋灵公"不君"的种种暴行，再述赵盾"骤谏"，晋灵公想除掉他，第一次派鉏麑去行刺，鉏麑被赵盾的恭敬所感动，不从君命，触槐而死；第二次想在酒宴上杀他，又被赵盾的卫士提弥明发觉，提弥明舍身卫主，格斗而死。

就在这情节发展的关键时刻，作者掉转笔锋，插入当年赵盾在桑翳救灵辄的往事，然后写灵辄在危急关头挺身而出，保护赵盾脱身；接着又叙赵穿杀灵公，赵盾因出奔未越境而被史官书为"弑君"，并引孔子的话表示惋惜。

描写战争时，作者不仅写出了纷纭复杂的战争过程，而且注重交代与战争有关的政治、外交等活动，具体揭示战争的背景及胜负原因。"战事的酝酿、起因，战前军事、外交的谋略，兵马物质的调遣，阵势的布置，战时激烈的搏杀，战局的变化，双方的进退，战后胜负的结局，各方面的反应，人事的处理等，都纡徐有致地表现出来，

① 杨树增、马士远著：《儒学与中国古代散文》，北京：中国社会科学出版社，2017年，第173页。

実训准备：
任意选择一种叙事手法，总结《左传》中3～5处使用到这一叙事手法的段落。
网络文章阅读：《结构的艺术〈左传〉七种叙事手法》（360个人图书馆）。
观看视频课程：四川大学赵毅衡的"叙述学"课程。

実践创新：
参与关于革命战争的故事的剧本写作、剧本表演。

笔力纵横，章法变幻有方。"[1]

僖公二十八年的晋楚城濮之战，前后历时三年，卷入者达十一国之多。作者围绕晋楚争霸的主要矛盾和两国在政治、军事上的优劣得失展开叙述，先交代了楚国向北扩张，侵扰中原小国，晋国抗拒楚师，企图建立霸业的背景；又详述晋文公如何"教民"，如何任帅，如何展开外交活动孤立楚国，而楚国一方主帅子玉如何"刚而无礼"，君臣间如何意见不一；在此基础上又写了晋国在交战前的反复磋商准备，以及王子玉的请战和晋侯的回答；最后，以极简略的笔墨叙述了晋国的战术措施和战斗过程。

二、叙事中塑造个性鲜明的人物

《左传》在叙事中注重描写有关的各类人物的活动，在刻画这些人物时，又往往着眼于政治的兴衰，努力表现他们与之相关的思想、品质和性格。《左传》共写了各阶层的一千四百多个人物，重视人在历史发展中的作用。

（1）运用随事写人的方法，在历史事件的发展中，通过主人公的所作所为、所言所论，逐步展示其个性特征，使其形象渐渐鲜明和丰满起来。例如，在讲到郑国子产时，通过描写子产在各种内政、外交事务中的表现，刻画了一个开明有为、受人爱戴的政治家形象。如果把有关子产的描写放在一起，就很像一篇人物传记：

> 子产为政，有事伯石，赂与之邑。子大叔曰："国，皆其国也，奚独赂焉？"子产曰："无欲实难。皆得其欲，以从其事，而要其成。非我有成，其在人乎？何爱于邑，邑将焉往？"子大叔曰："若四国何？"子产曰："非相违也，

文体模仿：
结合任意校外实践基地，阅读已有微信推送中的"随事写人"型人物事迹故事，研究其写法。

校外实践基地：
江门市公安局宣传部、江门市委宣传部、江门区委宣传部网站推送。

---

[1] 杨树增、马士远著：《儒学与中国古代散文》，北京：中国社会科学出版社，2017年，第175页。

146

而相从也，四国何尤焉？《郑书》有之曰：'安定国家，必大焉先。'姑先安大，以待其所归。"既，伯石惧而归邑，卒与之。伯有既死，使大史命伯史为卿，辞。大史退，则请命焉。复命之，又辞。如是三，乃受策入拜。子产是以恶其为人也，使次己位。

《左传》中的人物形象分散在不同的历史事件中，叙事的要素完备，叙事时注重人物形象的刻画和人物性格的发展，而这就是我国传记文学的萌芽。

（2）通过具有典型意义的细节、场面和对话，展现不同人物的性情和心理。人物之间互相映衬烘托，在动态中凸现了各自的个性特征，或写出了人物性格的发展变化。

例如，僖公三十三年：

先轸朝，问秦囚。公曰："夫人请之，吾舍之矣。"先轸怒曰："武夫力而拘诸原，妇人暂而免诸国，堕军实而长寇仇，亡无日矣。"不顾而唾。

不顾而唾的行为以及激切的语气，反映了先轸对秦公纵敌的鄙视，又体现了先轸的粗犷与忠贞。类似的精彩描写组成了《左传》的主体。

（3）描写人物在历史发展中的作用。

经学对人格的判断绝不在当下，不在自己的利益，经过孔墨荀的发扬，"利国利民利天下"的判断标准从经学走向史学。《左传》对人物的记载中，选材的宗旨在于人物对历史发展所起作用的大小，而并不以其官位高低为标准。这开创了中国史学的一个优秀传统，冯李骅说："春秋之局凡三变，隐、桓以下政在诸侯，僖、文以下政在大夫，定、哀以下政在陪臣。"史学展示了它在反映历史社会的广度和深度上的重大作用。

从史学语言上看，运用生动的事例及各种人物形象

理解与分析：
梳理《左传》中你感兴趣的5处行为描写，以表格的形式总结这些行为对应的人物心理与性情。

147

来说明对社会及历史的认识，在叙述史实中渗透着作者的感情，在议论哲理中显示着作者的人格魅力，在理性的思辨中透露出深广的社会变迁，作者又有意追求精美的文辞与审美效果，这是中国传记文学的突出特征。

三、《左传》人物传记的文体形态

《左传》首次奠定了史传、道德、哲理、文学相融合的表达方式。例如：

秋九月，晋侯饮赵盾酒，伏甲，将攻之。其右提弥明知之，趋登，曰："臣侍君宴，过三爵，非礼也。"遂扶以下，公嗾夫獒焉，明搏而杀之。盾曰："弃人用犬，虽猛何为！"斗且出，提弥明死之。

中国史传文学的文体形态，对应人类把握世界的三种方式：认知、评价、审美。认知的内容主要表现为知识，多体现为对史实的介绍；评价的内容主要表现为对道德的评判，多体现为伦理的导引；审美的内容主要表现为对形象的塑造，多体现为艺术美的展示。

先秦历史散文奠定了古代史传散文的传统。史家用记载史实的方式总结历史经验，表达思想见解，他们或在叙事中寄寓褒贬爱憎，或敢于秉笔直书，这种以史见志的精神被后代史传文学作家发扬光大。

我国古代的小说与史传文学有密不可分的渊源，先秦历史散文把严谨的史笔与生动的文学表现手法结合起来，达到了真实性与形象性的统一。先秦历史散文是我国古代小说的一个重要源头。先秦历史散文的风格、语言和写作技巧，也成为后代散文家学习的典范。

理解与分析：
你如何看待中国史学的这种表达方式？

思考与论说

（1）谈谈《左传》所奠定的史学品格给中华民族心理带来的影响，以及对后来史学发展的影响。

文体模仿写作

（1）请以认知、评价、审美为原则，以史传、道德、哲理、文学相融合的表达方式为主，以近现代或当代人物为题，写一篇人物传记。

拓展阅读文献

1. 原典文献

（1）郭丹译注:《左传》，北京：中华书局，2016年。

（2）杨伯峻编著:《春秋左传注》，北京：中华书局，1990年。

2. 文体研究文献

（1）马卫东:《〈左传〉叙事成就与中国古典史学的诞生》，《社会科学战线》2020年第8期。

（2）张高评:《〈左传〉叙事见本末与春秋书法》，《中山大学学报（社会科学版）》2020年第1期。

（3）傅修延著:《先秦叙事研究》，北京：东方出版社，1999年。

（4）王先霈:《叙事技巧的伦理维度》，《华中师范大学学报（人文社会科学版）》，2020年第2期。

3. 修辞研究文献

（1）李华著:《〈左传〉修辞研究》，上海：上海古籍出版社，2010年。

（2）何凌风:《〈左传〉对偶运用之艺术成就初探》，《江西师范大学学报》，2005 年第 6 期。

（3）李青苗:《〈左传〉辞令修辞手法中的汉民族文化认知特点研究》,《吉林省教育学院学报》,2017 年第 10 期。

（4）明子炀:《〈左传〉婉约谨慎的修辞风格研究》，湖北师范大学硕士论文，2019 年。

4. 当今应用文献

（1）杨义著:《中国叙事学》，北京：人民出版社，2009 年。

（2）赵毅衡著:《广义叙述学》，成都：四川大学出版社，2013 年。

结　语

　　当前，全球新一轮科技革命和产业变革加速演变，我国已进入高质量发展阶段，除了需要自然科学创新能力的提升外，还需要文明文化的传承和创新。中国一则急需理论的创新，二则急需真正从实践上对中国传统文化进行传承发扬。

　　对于中国传统文化中的原典，作为大学生，研读的时间少，甚至学界有"大学生要多读书"的倡议。那么，如何通过原典研究来切实提高新时代下汉语言文学专业学生的读、说、写能力呢？

　　新文科对于汉语言文学专业学生读、说、写能力提出了新的要求：

　　（1）对原典的精致阅读而非概览；

　　（2）通识阅读而非单纯专业阅读；

　　（3）新思想、自我思想下的写作，而非陈陈相因的写作；

　　（4）新认知下的写作，而非格式化的写作。

　　这几项要求指向传统文化的复兴、中西文化的融合，这就必然需要一个"研"的过程，汉语言文学专业学生的专业技能需要形成研—读—说—写这样一个训练模式。这种能力的培养，要和课堂教学紧密结合，不能课堂教学是评价型，课下要学生自己实操。开展课外实训之前要进行课内实训，由课内延伸到课外。五邑大学2017年获批"广东省汉语言文学特色专业建设点"，通过几年的改革，构建了"新文科视域下以文体为中心的'中国古代文学'

教学体系"，通过将文体学引入"中国古代文学"教育体系，找到了能将"读"和"写"融合在一起的课堂教学模式，逐步将"读—说—写"变为"研—读—说—写"。

本教材共涉及了语录体、论说体、寓言体、人物传记、训诂这五种文体和语言表达方式，而在实际课堂讲授中又给每章配有思维导图、作业清单、优秀参考作业、学生拓展项目论文集。学生反映很好，最常见的反馈是"以前不知道古代文学有这么丰富的内容、这么生动的表达！"学生去校外实践时，得到校外实践单位的好评："有涵养，会表达，写作能力好。"这使学校甚感欣慰。一种训练方式成就一批学生的素养，其中的责任之大，令我们甚为惶恐。这部教材是抛砖引玉之作，期待能吸引更多关注和建议，以使教改水平不断得到提升。散文最易于便捷地沟通交流，最容易成为一个民族在历史发展中逐渐形成和积累起来的精神文明成果的载体，而文体是我们进行散文创作时须遵守的基本规范。

项目进行期间，项目组成员各尽其力，团结合作，共同探索研究，进行教学教改，虽处僻壤，但心怀国家教育事业。项目在中期检查、结题前论证阶段，先后请教了中山大学吴承学教授、刘湘兰教授，北京师范大学尚学峰教授、过常宝教授、李山教授，暨南大学龙扬志教授，华南师范大学陈少华教授，在此一一致以诚挚的谢意！感谢各位建言献策，对项目的价值给予很高的评价，在具体写作思路上给予具体批评、建议。希望五邑大学能先探出一条路来，虽然我们深知这条路看起来依然杂草丛生，但五邑大学文学院全体老师会加倍努力。衷心期望得到各位专家的指正！

五邑大学敬涵堂　李翠叶

2024 年 5 月